KB119063

비긴 어게인

No Endings Only Beginnings

비긴 어게인

버니 S. 시겔 · 신시아 J. 헌 지음
강이수 옮김

위즈덤하우스

★ **일러두기**

본문의 성경 구절은 NLT(『새생활성경New Living Translation』: 1970년대 출간된 『리빙 바이블 The Living Bible』을 현대 영어에 맞게 개정한 성경—옮긴이)에서 인용되었습니다.

이 책을 나의 손자

제이슨 리 맥가하Jason Lee McGaha(1997. 8. 6. ~ 2019. 8. 9.)에게 바친다.

그는 우리에게 어떤 어려움이 닥쳐도

하루하루 사랑하고 웃고 즐기며

충만한 삶을 이어가야 한다는 가르침을 주고 떠났다.

용감한 청년 제이슨은

자신을 사랑으로 보살피고 지켜준 데

고맙다는 인사를 마지막으로 남겼다.

한국어판 서문

바라건대 이 책이 변화된 상황에 건강하게 적응하지 못하는 사람들, 그리고 최근 코로나 19 대유행으로 시련을 겪고 심신이 지쳐 있는 사람들에게 길잡이가 되기를 희망한다. 또한 인생의 방향을 고민하는 이들에게도 문제 해결의 실마리가 되었으면 한다.

변화는 피할 수 없는 현실이다. 내가 믿는 신의 말씀에 따르면 "완벽한 세상은 신의 창조물이 아니라 마법의 속임수일 뿐"이다. 인생은 시작의 연속이고 변화가 닥칠 때 비로소 새롭게 시작할 수 있다. 그뿐만 아니라 처음에 저주라고 속단했던 변화가 긍정적인 결실을 거두고 축복으로 판가름 나는 경우도 분명히 있다. 인생은 고통의 연속이지만 아픔을 견뎌내고 마침내 진정한 자아로 거듭날 수 있다면 불편과 고통에도 다 이유가 있는 셈이다.

진정으로 죽어 사라지는 것은 우리의 육신뿐이다. 정신과 의식은 영원히 산다. 나는 임사체험과 전생체험을 통해 인간의 영원불멸을 규정하는 우주의 다양한 진실을 알게 되었고, 사람들의 마음을 열기 위해 개인적인 경험을 글로 풀어냈다. 이 책 『비긴 어게인』은 우리가 상처받은 영혼으로 머물지 않고 고난을 넘어 번영할 수 있도록 삶의 희로애락에 대처하는 법을 안내하는 인생 지침서이다.

생각과 행동에는 책임이 따른다. 책임을 다하고 변화를 일으켜 스스로 삶을 치유하려면 용기가 필요하다. 더욱이 용기와 지혜를 발휘하여 시련을 극복한다면 인생의 안내자 역할을 할 기회도 생긴다. 여러분이 이 책을 읽고 깨달음을 얻는다면 주변 사람들에게도 힘을 북돋아주는 본보기가 될 것이다.

시련은 피할 수 없지만 나를 포함하여 우리는 시련을 극복한 사람들로부터 교훈을 얻을 수 있다. 그러니 이 책을 읽으면서 나의 이야기와 경험을 길잡이 삼아 여러분의 인생을 멋지게 살아가기를.

버니 S. 시겔, 의학 박사

"자기만의 경전을 만들어라.
책을 읽을 때마다 커다란 나팔 소리처럼
큰 울림을 주는 단어와 문장을 선별해서
모두 수집하라."

_랠프 월도 에머슨 Ralph Waldo Emerson(1803~1882)
미국의 작가, 초월주의 운동 지도자

서문

2018년 1월, 63년 동안 결혼 생활을 함께한 나의 아내이자 소울메이트, 바비 시겔Bobbie Siegel이 세상을 떠났다. 그 후 몇 달 동안 나는 한평생 모은 엄청난 분량의 공책과 메모지를 정리했고, 지난날 내게 힘이 되어준 수많은 편지와 인터뷰 글, 쪽지글과 격언들을 발견했다.

그 내용을 하나하나 꺼내 볼 때마다 오늘날에도 변함없이 적용되며 여전히 신선하고 유의미하다는 점에서 감탄을 금치 못했다. 나는 이 귀중한 지혜의 조각들을 재발견하면서 새 책을 쓰기로 마음먹었고, 이번에는 삶과 죽음뿐만 아니라 생사를 초월하는 신비와 기적 이야기를 여러분과 나누려 한다.

나는 앞에 소개한 에머슨의 생각에 동의한다. 사람은 누구나 자기만의 경전을 만들어야 한다. 진리와 사랑, 희망을 널리 알리는 이런 인생의 길잡이를 나는 '제2의 바이블'이라고 부른다. 생각해보면 새 가전제품을 살 때도 물건을 제대로 사용하고 관리할 수 있도록 취급 설명서가 딸려 온다. 하물며 인간이 살면서 사랑하고 치유하고 성장하는 데 지침이 되는 인생 매뉴얼이 왜 없겠는가? 우리는 삶의 수수께끼를 탐구하여 답을 찾아낸 인생 선배들의 지혜로운 가르침을 토대로 나만의 매뉴얼을 재구성할 수 있다. 인생 매뉴얼을 만들다 보면 고유의 본성에 가장 잘 어울리며 가슴에 절절히 와닿는 명언들을 선택할 기회가 생긴다. 그리고 그런 기회는 평생토록 나와 함께 성장하며 삶의 교훈을 체득하는 힘이 된다.

우리 주변에는 늘 스승과 지도자가 있다. 나는 가족, 동료, 환자, 의과대학 학생, 친구 들이 모두 내 인생의 스승임을 경험으로 깨달았다. 살면서 성장에 필요한 최고의 길잡이는 시와 강의, 책과 기사 속에서도 찾을 수 있었다. 마치 눈에 띄기를 기다렸다는 듯이 활자가 지면에서 불쑥 튀어나오는 느낌이 들면 그 글귀가 중요함을 알 수 있었다. 어떤 노랫말이나 연극 대사를 들으면 신이나 어떤 절대자가 내게 직접 말을 걸고, 인도하며 질문에 응답하는 듯했다.

또한 인생의 진리를 알고 싶다면 때때로 문학을 접해야 함을 알게 되었다. 위대한 작가들은 성장과 변신을 거듭하는 등장인물의 행동을 통해 독자에게 지혜를 주는 캐릭터를 창조해낸다. 정신분석가 카를 융Carl Jung, 극작가 겸 소설가 윌리엄 사로얀William Saroyan, 정신과학자 어니스트 홈스Ernest Holmes는 내 인생에 가르침을 준 특별한 스승인데, 이들의 말을 몇 가지 인용하여 그 지혜를 여러분과도 공유하고자 한다.

과학과 철학에서 영성과 문학, 가족과 환자 혹은 다른 타인과의 인간관계로부터 신과 선지자들, 천사들과의 영적 교감에 이르기까지, 그동안 깨달음을 얻는 여정에서 수없이 많은 길을 걸어왔다. 그렇게 걸어온 길이 한데 모여 평생의 과업이 되었다. 내가 신과의 소통을 말할 때 사용하는 '신God'이라는 단어나 개념을 불편하게 여기는 사람도 분명히 있을 것이다.

내가 정의하는 신은 '자애롭고 지성적이며 의식적인 에너지A Loving, Intelligent and Conscious Energy'를 말하며, 머리글자를 따면 '앨리스(ALICE)'가 된다. 어떤 사람들은 신을 우주Universe, 위대한 영혼Great Spirit, 알라Allah, 창조주Creator나 그 밖의 다른 이름으로도 부르지만 괜찮다면 그냥 앨리스를 마음껏 사용하라. 애초에 일컬을 수 없는 존재에 합당한 이름은 없는 법이니 무엇이라 부르든 크게 상관없다.

하지만 꼭 기억해둘 개념은 신의 마음과 인간의 마음이 모두 '한마음The One Mind'에 속한다는 것이다. 우리는 보다 높은 의식 수준, 즉 상위자아Higher Self와 소통하며 내면의 자아를 실현해야 한다.

우리가 어디서 무엇을 하든 내면의 자아를 의식하기 전까지는 큰 그림을 파악하기 어렵다. 다시 말해 삶의 의미가 무엇인지, 이 세상에 존재하는 이유가 무엇인지 이해하기란 불가능에 가까울 만큼 어렵다. 그러니 서두르지 말고 내 안의 존재를 느껴보자. 시간을 들여 의미를 헤아리고 눈여겨보며 귀를 기울이자.

1986년에 나는 건강, 질병, 치유, 의학에 대한 대중의 인식이 바뀌기를 바라는 마음에서 첫 책을 썼다. 그때는 사람들이 '마음-몸-정신'을 동시에 치료하는 통합적 접근 방식을 도입하는 데 도움이 될까 해서 심리학, 영성, 신비주의 신학 등을 실제 의학에 연계시켰다. 당시의 현대 의학적 사고로는 인간의 심리적, 육체적, 정신적 측면이 전혀 겹치지 않고 분리된 영역이라고 인식했다. 의사는 환자에 대해, 즉 통합된 창조물의 인간에 대해 전혀 모르는 전문가였다.

그 당시만 해도 의사들은 인간을 기계적인 개체로 여겼기에 망가진 부위를 고치려 환자에게 약을 처방하거나 수술을 했을 뿐, 문제를 총체적으로 다루지는 않았다. 지금은 여러모로 사정이 좋아졌지만 우리는 세대를 불문하고 마음-몸-정신을 통합하는 치유의 교훈을 미래 세대까지 물려주어야 한다.

그때 이후로 많은 책을 썼지만 이 책에서는 내가 공책에서 다시 찾아낸 몇 가지 생각을 전하고 싶었다. 이번에는 문화, 종교, 철학 등 다양한 분야의 인용문과 글귀를 먼저 소개한 뒤 이어서 나만의 인생 이야기와 견해를 덧붙이기로 했다. 실용, 신비, 영적 영역에 두루 걸쳐서 인생의 교훈을 다룰 것이다. 실용적인 가르침은 삶의 어려움을 이겨내는 데 도움이 되고, 신비롭고 영적인 가르침은 상처를 치유하고 경외와 기쁨 안에서 살아가는 데 도움이 된다. 건강하고 의미 있게 살며 잠재력을 최대한 발휘하려면 마음-몸-정신의 세 가지 영역을 모두 통합해야 한다.

80년의 세월 동안 나는 사람들이 크고 작은 문제를 헤쳐 나가는 모습을 지켜보았다. 때로는 매우 힘겹고 고통스러운 상황을 맞은 사람들도 있었다. 우리는 살다가 위기의 순간이 닥치고 나서야 인생에서 가장 중요한 질문을 하게 된다. 그제야 온갖 기쁨과 슬픔, 수수께끼로 가득한 인생을 이해하려고 마음먹는 것이다.

질문을 던지는 행위야말로 우리가 신 또는 우주와 의식적으로 연결되는 문을 열어준다. 그 문이 열리면 선택을 하게 된다. 있던 곳에 그대로 머물거나 아니면 깨달음의 길에 동참하기 위해 문을 통과해서 한 걸음 앞으로 나아갈 수 있다. 이때, 여러분의 인생이 순조롭게 흘러간다 하더라도 위기가 올 때까지 기다리지 말라고 당부하고 싶다. 미루지 말고 중요한 질문을 던져라. 최적의 순간은 언제나 지금이다.

나는 여러분이 이 책에 모아놓은 여러 인용문과 이야기 속에서 자기만의 소중한 가치를 찾아내기 바란다. 책에는 이전에 출간한 도서에서 소개했던 내용도 있고 아예 새로운 내용도 있다. 진리는 항상 시의적절하고 늘 새로운 법이다. 오래된 격언들은 우리가 가르침을 받을 준비가 되면 새로운 의미로 되살아나서 도움을 준다. 현인들의 말은 그때그때 표현을 달리하여 전해지지만 근본적인 메시지에는 변함이 없다.

여러 사회와 문화권에서 동서고금을 막론하고 비슷한 격언이 되풀이하여 전해진다면 그 말과 글귀에는 진리와 귀중한 가치가 담겨 있다고 봐도 좋다. 격언은 근심, 걱정이 있을 때나 없을 때나 우리에게 힘이 된다.

바비가 세상을 떠났을 때 이 모든 지혜를 내 가슴속에 간직하고 있었다면 얼마나 좋았을까. 나는 아내를 잃은 슬픔으로 실의에 빠져 상심한 나머지 몇 주 동안 마지못해 몸을 움직이며 하루하루를 흘려보냈다. 그러다 이 책을 쓰면서 삶에 대한 애정이 되살아났고 기쁨의 순간이 수시로 찾아왔다. 바비의 다정한 영혼이 언제나 나와 함께 있음을 깨달은 덕분이다.

그러니 부디 차근차근 읽어보기 바란다. 이 책을 여러분의 인생 매뉴얼이자 제2의 바이블을 만드는 첫걸음으로 삼아라. 에머슨 같은 시인에게서 영감을 얻어라. 이 책에 인용된 글귀가 내 마음을 움직였듯 여러분도 지금부터 가슴을 크게 울리는 글귀와 격언을 수집하라. 그 과정에서 믿음을 구하고 성장하며 치유하

라. 자신이 창조주, 우주 만물의 일부라는 사실을 이해하고 신과 자연, 우주 안에서 생각과 마음을 쉬게 하라. 인생의 여정에 나설 때, 즉 깨달음을 향한 탐구를 시작할 때, 나만의 앨리스가 길을 밝히도록 하라.

목차

No Endings Only Beginnings

제1장

◆

진리 탐구를
시작하자

"신은 어디 있는가? 양손으로 머리를 감싸 쥐고 스스로에게 묻는다. 샤워 물줄기나 빗물이 때로는 눈물이 온몸을 씻어 내릴 때 나는 묻는다. 세상만사에 신은 존재하는가? 질문은 체육관 구석구석까지 울려 퍼지고 동료들 웃음소리에 두려움이 밀려든다. 세상만사에 신은 어디 있는가? 인생의 어느 시점에서 누구나 한 번은 던지는 질문이다……. 이 물음을 내면으로 돌려 마음과 생각, 영혼 그리고 존재 자체로서 온몸에 메아리치게 하라. 세상만사에 신은 존재하는가? 신은 내 마음속에 있고 숨결 속에 있으며 나의 모든 행동과 맞닿은 모든 생명 속에도 있다. 신이 여기 있다는 사실을 받아들이려는가? 당장 오늘부터 기적의 대리자 역할을 하겠는가? 세상만사에 신은 어디 있는가? 신은 나와 함께 있고 나도 신과 함께 있다. 이 진리를 되새기고 느끼며 누리자."

_찰리 시겔Charlie Siegel
미발표 시 「해답은 내 안에The Answer Lies Within」에서 발췌

이 시는 우리 손자가 쓴 것이다. 내 손자 찰리는 아름다운 생각과 언어로 놀라움을 선사하는 청년이다. 그는 지혜와 믿음과 용기를 기르려면 반드시 이런 질문이 필요함을 이해하고 있었다. 창작은 그가 영혼의 배움터로 들어가기 위해 선택한 수많은 길 중 하나일 뿐이다. 다른 사람들과 마찬가지로 찰리도 가장 중요한 질문은 언제나 신 혹은 삶의 의미임을 깨달았다. 왜 우리는 이 세상에 왔을까? 진리란 무엇일까?

대부분의 사람들이 삶이 그 자체로 무의미함을 깨닫지 못한다. 삶은 그저 신의 존재와 호기심을 드러내는 기계적인 사건에 불과하다. 삶을 경험하고 깨우칠 기회, 사랑을 베풀고자 하는 창조주의 욕망과 의도를 독창적으로 실현할 기회가 육신을 가진 인간에게 주어질 뿐이다. 우리는 각자 경험하는 삶 속에서 인생의 의미가 무엇인지, 일상 속에서 신은 어디에 존재하는지 알게 된다.

육신과 정신을 어떻게 사용하는지, 인생을 어떻게 대하는지에 따라 성장 여부가 결정된다. 삶의 의미는 앞에 놓인 상황, 즉 생사와 선악의 갈림길에서 신중한 선택을 할 때 생겨난다. 삶에 부여되는 의미는 이런 선택과 연관되어 있으며 우리가 무엇 혹은 누구를 나아갈 길, 즉 '신Lord(주님)'으로 삼느냐와 관련이 있다. 탐욕, 권력, 이기적인 욕망에 바탕을 둔 물질적인 삶을 추구할 수도 있고, 진리와 사랑을 세상에 퍼뜨리는 삶을 지향할 수도 있다. 인간으로서 각자의 신, 즉 인생길의 선택권을 갖는다. 만약 그 선택이 자신을 어둠과 불행으로 이끈다면 언제든 다른 선택을 하고 빛과 사랑 안에 살 수 있다. 찰리의 시 구절처럼 신은 각자의 마음과 숨결, 행동 마주치는 모든 생명 속에서 모습을 드러낸다.

선택이 가까운 주변 사람과 사물에만 영향을 미친다고 믿는 것은 너무 편협한 생각이다. 지혜를 기르려면 시야를 넓혀야 한다. 인간은 신과 이어진 존재로서 우주에 대한 이해의 폭을 넓히려는 신의 욕망이 우리의 선택으로 표현된다. 다시 말해 각자가 생각하고 말하고 행동하는 모든 것이 우주를 이룬다. 또한 진리와 사랑의 길을 택한다면 인간은 신의 대리자가 될 수도 있다.

별을 생각해보라. 수많은 별이 빛을 반짝이며 칠흑 같은 우주의 심연을 향해 영원히 이동한다. 심지어 수명이 다한 뒤에도 멈추지 않는다. 별빛 하나가 누군가의 마음과 생각에 경이로움으로 와닿을 때 그 별은 의미가 생긴다. 구름이나 햇빛이 시야를 가릴 때도 그 사람과 그 별은 분명히 연결되어 있다. 우리 인생이 우주에 미치는 영향도 이와 다르지 않다. 눈에 보이든 보이지 않든 인간과 신, 우주의 모든 창조물은 항상 연결되어 있다.

찰리가 진리를 탐구하는 데 그치지 않고 '신은 나와 함께 있고 나도 신과 함께 있다'는 자기만의 주문까지 만들어낸 것은 내게 감동이었다. 이렇게 마음먹으면 우리는 결코 혼자가 아니다.

호기심과 믿음을 가지고 영혼의 배움터로 들어서면 인생은 감탄이 절로 나오는 신비로운 체험 현장이 된다. 이제 잠시 고요히 앉아 여러분만의 진리 탐구에 대해 생각해보라. 신이 지금 바로 옆에 앉아 있다면 어떤 질문을 하려는가? 자기만의 우주에서 어떤 해답을 찾고 있는가?

“너는 연극 무대에 선 배우이며 극의 전개 방식은
극작가가 선택한다는 사실을 기억하여라.
극작가가 단편을 원하면 너는 단편에서 연기하고
장편을 원하면 장편에서 연기하게 된다.
설령 극작가가 거지 연기를 시킨다 해도
너는 최선을 다해 그 역할을 해내야 한다.
불구자나 행정관, 평민 역할이어도 마찬가지다.
너의 임무는
주어진 배역을 훌륭하게 수행하는 것일 뿐
역할 선택권은 ‘다른 존재’에게 있다.”

_에픽테토스Epiktētos(55?~135?)
노예 출신의 고대 그리스 철학자

내가 누구인지 스스로에게 질문하자

에픽테토스는 지금은 터키로 불리는 고대 로마 지역에서 노예 신분으로 태어나 자신의 전부를 바쳐 삶을 끌어안았다. 우리는 그에게서 많은 것을 배울 수 있다. 에픽테토스는 신체적 장애와 병약함을 극복하고 위대한 사상가와 스승들의 가르침을 경청한 끝에 스스로 깨우친 인물이다. 그는 총명함과 지혜 덕분에 노예 신분에서 해방될 수 있었고 더 나아가 훌륭한 스승이 되었다. 또한 자신이 진정으로 소유한 것은 오로지 의지와 목적뿐이라고 설파했다. 불완전한 몸과 고단한 환경이 성장하고자 하는 영혼의 욕구를 실현하는 데 꼭 필요하다고 받아들였다. 그것은 신이 내린 완벽한 선물이며 신의 선물에 의미를 부여하는 것은 자기 몫이라고 생각했다.

육신을 덧입는 것은 영혼의 집을 떠나 학교에 가는 것과 같아서 한 학년씩 진급하며 졸업하는 날까지 동창생들과 서로 도와야 한다. 우리의 임무는 각자 가진 것으로 최선을 다하는 일이다. 9분을 살든 90년을 살든 마찬가지다. 육신을 갖추고 태어날 때

신의 은총이 항상 함께한다. 인간은 사랑과 노력으로 신의 은총을 다른 이들에게 전달하고 자기만의 방식으로 제 몫을 하며 신과 소통하는 존재이기 때문이다.

이런 의문이 생길 수도 있다. '죽은 아기나 어린아이들은 어떨까? 과연 세상에서 제 몫을 하거나 신과 소통할 수가 있을까?' 장담하건대 태어나자마자 목숨을 잃는 갓난아이도 부모에게 소임을 다하고 간다. 자식을 잃는 경험조차 부모에게는 사랑하고 이별하는 법, 슬픔을 의미 있게 승화시키는 법에 대해 가르침을 준다. 신체적으로 고통받거나 고단한 환경을 견디며 살아가는 사람도 얼마든지 자기 재능을 발견하고 가진 것을 남들과 나눌 기회가 있다. 때로는 그저 살아 있는 것, 세상에 존재한다는 사실이 선물이 된다.

언젠가 나는 양손과 양팔 없이 태어난 젊은 여성을 만난 적이 있다. 그녀는 에픽테토스의 태도를 받아들여 열정적인 인생을 살았다. 전국 승마 대회에 출전해 말을 달렸고, 발가락으로 포크를 잡아 음식도 직접 떠먹었다. 그녀는 연민을 구하거나 남들과 다르며 평생 남들처럼 될 수 없다고 말한 적이 단 한 번도 없었다. 그녀를 만난 사람은 모두 큰 감동과 자극을 받았다.

동화 『미운 오리 새끼』를 생각해보자. 아무리 애를 써도 주인공 오리는 다른 오리들처럼 될 수 없었다. 그러다 고요한 연못을 들여다보며 '나는 누구일까?'라고 물었을 때 연못에 비친 자기 모습이 아름다운 백조임이 밝혀졌다. 우리는 모두 생김새나 상황에 관계없이 인생이라는 여행길에 오른 아름답고 완벽한 영혼이다.

에픽테토스의 지혜는 오랜 세월이 흐른 지금에도 변치 않는 가치를 담고 있다. 누구나 최선을 다해 자기 역할을 수행하고 세상에 최대한 기여해야 한다. 진정한 삶의 목적을 인식하고 가진 것을 전부 쏟아내기 위해 깊이 파고들어야 한다. 세상에 존재한다는 것은 영혼이 곧 성장할 준비가 되었다는 뜻이다. 이제 한번 물어보자. '나는 누구일까?' 그런 다음 차분히 앉아 이 질문에서 가지를 뻗어나가는 내면의 소리를 들어보자. 마음을 열고 우리가 신과 소통하는 공동 창조주이자 영성을 갖춘 존재라는 가능성을 받아들이자.

"시련을 겪지 않고 온전해질 수는 없는 법이다.
고통과 혼란 속에 비틀대는 순간,
우리는 선택을 배운다. 억울하다고 원망할 텐가,
아니면 사랑으로 받아들일 텐가."

_클라리사 핀콜라 에스테스Clarissa Pinkola Estés
정신분석가, 시인,
『늑대와 함께 달리는 여인들Women Who Run with the Wolves』의 저자

모든 고통과 시련에는 이유가 있다

에스테스는 전통적인 이야기꾼의 방식으로 지혜를 가르치는 칸타도라Cantadora(옛 이야기를 보전하는 사람)이다. 그녀는 고통의 핵심을 짚어낸다. 그것은 바로 우리에게 항상 선택권이 있다는 점이다. 물론 인생에서 시련은 피할 수 없지만, 고통을 바라보는 방식과 대응하는 마음가짐에 따라 저주인지 축복인지 판가름 난다는 사실도 깨달아야 한다. 만약 세상이 완벽하다면 인생 여정에는 아무런 목적도 없을 것이다. 전지전능한 신은 비켜서고 직접 온갖 감정을 경험하며 깨달음을 얻을 수 있어야 한다. 그렇지 않으면 인생은 마술처럼 한낱 볼거리에 불과하다.

하지만 삶의 시련을 직접 마주해야 한다는 지혜를 머리로 아는 것과 부모로서 자녀가 고통받을 것을 알고 마음으로 받아들이는 것은 완전히 다른 이야기다. 그럴 때 우리는 신에게 따지듯 묻는다. "왜 하필 내 아이죠?" 또 애원한다. "차라리 내가 대신 고통받게 해주십시오." 하지만 부모로서 할 수 있는 일은 자녀를 사랑하고 시련에 대비하도록 보살피며 그가 겪을 충격을 누그러뜨려 고통을 덜 수 있도록 돕는 것뿐이다. 아마 그런 노력도 아이들이 자라면서 경험하는 아픔을 모두 덜어주지는 못할 것이다.

막내아들 키스Keith가 탈장 수술을 받을 때 나는 수술이 어떻게 진행되는지 설명했다. 수술실 사진을 보여주면서 병원이 어떤 곳인지, 어떤 사람들을 만나게 될지 등을 아주 세세하게 말해주었다. 수술 당일 키스는 별 탈 없이 수술을 잘 받았다. 하지만 회복실에서 깨어날 때까지 슬픔 어린 커다란 눈으로 나를 올려다보며 말했다. "아프다고는 안 했잖아요."

그동안 의사로서 고통을 수도 없이 목격해왔다. 처음에는 특히 나이 어린 환자를 보며 신이 왜 이런 일이 생기게 내버려두는지 이해할 수 없었다. 나는 사람들을 돕고 싶어 의료계에 발을 들였다. 아픈 사람들의 상처와 병을 고치고 싶었다. 하지만 환자를 치료하지 못하고 환자 가족의 고통을 덜어줄 수 없을 때는 나도 고통스러웠다. 모든 환자를 낫게 하지 못했다는 무력감으로 마음이 괴로웠고 슬픔과 좌절감, 심지어 분노까지 차올랐다. 그런데 이런 불편한 감정들이 내면을 깊이 들여다보는 촉매제가 되었다. 고통과 시련이 내 영혼의 밭을 일구었고 '왜 그들이 고통받아야 하나?'라는 질문이 깨달음의 싹을 틔우는 씨앗이 되었다.

언젠가 신에게 도대체 왜 수많은 사람과 국가가 질병과 전쟁, 학대 같은 온갖 시련에 고통받는 세상을 만들었느냐고 물었을 때, 꿈속에서 응답을 받았다. 신은 나를 에덴동산으로 데려갔다. 그곳은 자동차와 교통 신호등이 있는 현대판 지상낙원이었는데 교통체증이 심했다.

늘어선 차량 행렬에서 운전자 절반이 말했다. "사랑합니다. 먼저 가세요." 나머지 절반은 이렇게 대답하고 있었다. "아니, 당신이 먼저 가요. 사랑합니다." 다들 상대에게 너무 친절한 나머지 누구도, 어디에도 갈 수 없었다. 완벽한 세상이 되면 어떤 식으로 문제가 생길지 그 순간 분명해졌고 나는 요점을 파악했다.

감정적이든 육체적이든 생물학적으로 고통이 생기는 이유는 그것이 우리를 보호하며 나아갈 방향을 잡아주고 성장과 변화를 돕기 때문이다. 모든 선택에는 고통이 따른다. 고통 없는 삶은 겉으로 평화로워 보일지 몰라도 오히려 경계해야 한다. 살아남기 위해서는 고통이 필수적이다. 인간은 신체적 고통이라는 경고가 없으면 생존을 위협받는다. 고통이 없으면 부상이나 감염이 악화되어 신체 일부를 잃게 되고 질병 진단 시기도 놓치게 된다.

인간은 고통에 어떻게 대처할지 결정을 내리도록 설계되어 있다. 손댈 수 없을 만큼 뜨거운 물건을 집어 드는 경우 손을 보호하기 위해 물건을 당장 떨어뜨릴 수도 있지만, 그 결정을 무시하고 밖으로 들고 나가 집과 가족을 위험에서 구할 수도 있다. 뇌에 자동반사적 자극이 도달하면 반응하는 것은 우리 자신이다. 이는 반사 작용이 아니라 선택적 반응이며 그 선택은 믿을 수 없을 만큼 신속하고 적절하게 이루어진다. 찰나의 순간에 내리는 결정이 얼마나 복잡한 과정인지 생각해보면 이것은 기적에 가깝다.

심적 고통은 자아를 탄생시키는 산고産苦가 되지만 주의를 기울이지 않으면 불필요한 고통에 지나지 않는다. 여기서 핵심은 자기 자신을 탄생시키는 것이다. 자아가 생겨나면 고통이 완화되고 치유되는 과정을 경험하며 놀라게 된다. 고통을 이해하며 자기 앞에 닥친 시련을 결코 원망하지 않았던 인물이 바로 헬렌 켈러 Helen Keller다. 그녀는 건강하게 태어났지만 어린 시절 열병을 앓은 후유증으로 심각한 시청각 장애에 시달리게 되었다. 켈러는 실제로 자신의 고통을 양분 삼아 "굳세고 향기로운 제비꽃이 피어난다"고 묘사하기도 했다. 그녀는 시련을 겪을수록 지성과 감성을 더 깊이 자각하는 기회가 열림을 알았다. 시련의 대부분은 자신을 변화시키고 지금까지와는 다르게 살아야겠다고 다짐하는 동기를 부여한다. 이때, 나는 석탄을 자주 떠올린다. 석탄 분자가 오랜 세월 동안 단단하게 다져지면 다이아몬드라는 영롱한 결정체가 탄생하기 때문이다.

인생이 팍팍하고 시련을 겪는 것이 우리가 뭔가 잘못했다는 의미일까? 혹시 벌을 받는 것일까? 천만에! 삶이란 원래 그런 것이다. 심지어 죽음까지도 삶에는 필요하다. 고통과 시련은 대부분의 사람들이 원하지 않고 이해하기도 힘든 선물이지만, 그것을 받아들이는 사람은 모두에게 큰 도움을 준다. 건강한 삶을 위해 고통이 얼마나 불가피한 경험인지는 아무리 강조해도 지나치지 않다.

고통에서 벗어나기 위해 하는 선택 중에는 신과의 소통 기회를 차단하고 자멸로 이어지는 경우도 있다. 흔한 예시로 주의 산만, 정서 마비, 중독, 회피 등이 있다. 영혼의 그늘로 기꺼이 들어가 고통의 원인과 맞서려는 사람은 자기가 마음먹은 대로 변화하게 된다. 기억하라. 바닥까지 곤두박질칠 때는 고통스럽지만, 그러면서 바닥을 휘저은 탓에 새로운 생명의 씨앗이 자랄 수 있는 최고의 토양이 된다는 사실을.

가끔은 구렁텅이에서 빠져나오는 데 엘리베이터가 도움이 된다. 만약 초고속 승강기가 필요하다면 어디서 찾을 수 있는지 알려달라고 주변에 부탁해야 한다. 엘리베이터 운영자와 동승자 들에게 도움을 구할 수 있다는 사실 또한 잊지 마라. 예를 들면 '12단계 프로그램Twelve-Step Programs(알코올 중독이나 강박증 등의 행동 문제를 극복하기 위한 모임의 원칙―옮긴이)' 같은 좋은 사례도 있다. 직접적인 신의 계시를 받으려 무작정 기다리기만 해서는 안 된다. 보통 도움의 손길은 다른 사람들과의 상호작용에서 다가오기 마련이다.

앞으로 나아가기를 두려워하지 마라. 절대 혼자가 아니라는 점을 염두에 두고 살아라. 길잡이를 받아들이고 성장 가능성을 늘 열어두어야 신의 음성을 다양한 형태로 들을 수 있다. '길잡이 Guidance'라는 말은 '신God, 당신You 그리고 나I의 춤Dance'으로 이루어졌음을 명심하자. 당부하고 싶은 말은 고통을 받을 때 신의 음성을 외면하지 말고, 시련을 겪을 때 서러워하지 말라는 것이다. 그 대신 시련을 의식하는 순간의 고통을 견뎌라. 고통을 삼키고 질문을 입 밖에 내야 한다. 질문을 던져라. '신이여, 가르침이 무엇입니까? 이 고통 속에서 무엇을 배워야 하나요?' 그러면서 배움을 인정하라. 진심으로 사랑을 받아들여라.

"우리는 무한 가능성Infinite Possibility에 둘러싸여 있다.
그 가능성은 선善과 생명, 법과 이성을 말한다.
우리가 가능성을 발휘할수록 무한 가능성의 존재가
더욱 충실하게 인식된다. 그러므로 무한 가능성은
우리 인간을 통해 드러나기를 원한다.

......

무한 가능성은
우리가 의식적으로 허용할 때만 발현될 수 있다.
그러므로 무한 가능성의 존재를 믿고,
의도한 목표를 빠짐없이 이루려는
그것의 욕망과 능력 또한 믿어야 한다.
무한 가능성을 발휘하려면
의식Consciousness을 거쳐야 하므로
우리가 그 가능성을 인식해야 한다."

_어니스트 홈스(1887~1960)
미국 종교과학운동의 선구자, 『마음의 과학 The Science of Mind』 저자

시련이 선물이 되는 마음가짐

홈스는 보통 '신God'이나 '삶의 길Path'이라고 인식하는 대상을 '무한 가능성'이라고 일컫는다. '가능성'은 신이 인간에게 기대하는 희망이며 '무한성'은 현재이자 미래로 무궁무진하게 이어지는 실존이다. 우리는 의식적으로 더 높은 차원의 자아를 성찰해나가야 하며 창조주가 자아 성찰에 필요한 것을 모두 마련해준다는 믿음을 가져야 한다.

신앙은 대개 두 가지의 기본적인 방식으로 나타난다. 하나는 믿지 않으면 어떤 일이 벌어질지 모른다는 두려움을 바탕으로 하는 강한 종교적 신념이고, 다른 하나는 믿음과 확신을 바탕으로 하는 강한 신념이다. 확신Confidence이라는 말은 '믿음으로With Faith'라는 뜻이다. 둘 중 어느 경우라도 신앙은 선택이자 결심이다. 믿음은 저절로 생기지 않는다. 홈스가 전하려는 메시지는 반드시 '내 안의 신'과 어떤 관계를 맺을지 의식적으로 결정해야 한다는 것이다. 그래야만 신의 은총, 다시 말해 우리가 해야 할 모든 것을 마련해주는 '사랑스럽고 지적이며 의식적인 에너지(앨리스-11페이지

^{참고)}'를 얻을 수 있다.

'그것'이 보이지 않는다고 의식의 문을 닫아버린다면 문밖에서 속삭이는 신의 음성을 아예 들을 수 없을지도 모른다. 믿음을 경험하기 위해서는 기꺼이 내면의 자아에 귀를 기울여야 하며, 아무것도 들리거나 보이지 않는 순간에도 꾸준히 의식의 문을 열어두겠다는 의지가 필요하다. 만약 어떤 기적이나 신비를 체험하게 된다면 그 경험을 받아들여라. 설명하기 어렵다고 하여 신비로운 경험의 가치를 깎아내려서는 안 된다. 우리에게 일어난 기적을 믿기 전에 설명이나 증거부터 구하려 하면 의식의 문이 닫힐 수 있다.

믿음의 세계에 들어서면 신의 사랑과 경외감이 뒤따르고 그때부터 우리는 '선과 생명, 법과 이성'의 영역에 속하게 된다. 혼자라는 생각도 들지 않는다. 나보다 더 큰 존재와 연결되는 경험을 하기 때문이다. 물론 신앙에 입문한다고 해서 시련이나 문제가 사라지지는 않는다. 그것이 인생이다. 살면서 문제가 생긴다고 해서 믿음이 엉뚱한 방향을 향했거나 기도가 응답을 받지 못한 것도 아니다. 마주한 시련을 의미 있고 이로운 방식으로 활용하는 방법을 배우는 동안, 우리를 지지하고 지탱해주는 합일Oneness, 곧 신의 음성이 내내 함께한다. 믿음이 있는 사람은 일이 잘못되었을 때도 '왜 하필 나'인지 더는 묻지 않는다. 그 대신 기도한다.

'부디 힘을 주십시오. 그리고 길을 보여주세요. 내게 깨달음을 주세요.'

믿음을 굳게 다지는 가장 강력한 기도는 '고맙습니다'가 아닐까 싶다. 감사 기도는 본질적 선The Greater Good에 대한 확신을 드러낸다. 시련이 선물임을 인식하면 가르침이 밀려들도록 문을 활짝 열게 된다. 온몸으로 문을 막고 서서 버티지 않는다. 밀려드는 가르침을 막기 위해 저항하는 태도를 버리고 크고 작은 파도처럼 밀려드는 교훈을 기꺼이 받아들이게 된다. 파도가 어떤 형태로 오든 최선을 다해 파도 타는 법을 배우기 시작한다. 그렇게 되면 열린 문을 통해 평화, 겸손, 연민 같은 선물도 가득 들어온다. 우리는 결코 완벽해질 수 없지만 배우려는 의지는 믿음 속에서 생활하고 내 안의 신을 의식하며 계속 성장하는 데 도움이 된다.

어린 시절, 내가 원하는 대로 일이 풀리지 않을 때마다 누구보다 신심이 굳고 두터웠던 어머니는 이렇게 말씀하셨다. "신이 너를 다른 쪽으로 인도하고 계시단다. 이제 좋은 일이 생길 거야." 과연 어머니 말씀대로였다.

내가 고등학교 졸업을 앞두고 하버드대학에 지원할 때 생긴 일이다. 왜 하버드였을까? 나는 꽤 똑똑한 학생이었지만 남들에게 멋져 보이고 말하기 좋은 이력이 된다는 점 말고는 특별히 그곳에 가고 싶은 이유나 욕구가 없었다.

당시 진학 상담 선생님과 교장 선생님 의견은 내 성격이나 형편에는 규모가 작은 대학이 더 잘 어울린다는 쪽이었다. 콜게이트대학 출신인 교장 선생님은 내가 자신의 모교에 진학하기를 바랐다.

어느 날 하버드에서 편지가 도착했고 불합격이라는 소식이 전해졌다. 스스로에게 물었다. '이제 어떡하지?' 방에 처박혀 신세 한탄을 늘어놓을 수 있었지만 달리 생각해볼 수도 있었다. '처음부터 하버드는 내 길이 아니었나 보구나.' 마침 어머니 말씀이 생각났고 신이 다른 길로 나를 인도한다는 믿음을 갖기로 했다. 아니나 다를까, 몇 주 후에 신이 편지를 보냈다. '콜게이트로 가라.' 신은 이번에도 옳았고 교장 선생님 역시 옳았다. 나는 콜게이트대학에 입학했고 뉴욕주 소재 대학에 진학하는 뉴욕 주민에게만 주는 장학금도 받게 되었다. 만약 하버드에 갔더라면 장학금 지원 자격도 되지 않았을 텐데, 장학생으로 선발된 덕분에 아버지께 경제적 부담을 드린다는 죄책감을 덜 수 있었다.

콜게이트 진학은 그야말로 신의 한 수였다. 만약 하버드 같은 대도시에 있는 거대 종합대학에 진학했다면 이만큼 성공하지 못했을 것이다. 나는 하버드 대신 내 성격과 재주, 능력에 안성맞춤인 뉴욕주 북부에 있는 소규모 남자 대학—당시에는—에 입학했다. 더 나은 선택은 머리가 아닌 마음으로 하는 것이었다. 사랑과 지혜의 신이 인도하고 있다는 확신이 들자 '무한 가능성'의 창이 활짝 열렸다.

믿음이 어떤 역할을 하는지 보여주는 대단한 사례를 언젠가 신문 기사로 접한 적이 있다. 애팔래치아 트레일Appalachian Trail(총 3,300킬로미터에 달하는 애팔래치아 산맥 트레킹 코스―옮긴이)을 걸어서 완주한 어느 시각장애인의 이야기였다. 그는 애팔래치아 트레일을 볼 수 없었지만 그냥 길을 나섰다고 인터뷰에서 밝혔다. 생각해보라. 그는 자기가 걸어가야 할 길이 거기 있음을 알았다. 보이지 않아도 마음의 눈을 통해 어둠을 뚫고 '볼 수 있었다'. 이것이 바로 믿음이다. 일단 믿기 시작하면 나머지도 전부 제자리를 찾아간다.

이런 심오한 깨달음이 여러분에게도 찾아오기를 바란다. 깨달음은 직관적으로 길을 알아보는 자질이라서 지도가 필요 없고 눈앞을 볼 필요도 없다. 지도는 각자의 마음속에 있다. 내면의 눈과 목소리가 길을 안내하기 때문이다. 우리가 할 일은 진로를 정하고 출발하는 것뿐이다.

믿음은 최적의 경로를 알고 있으니 인생길을 걸으면서 내면의 자아가 마련한 가르침에 몰입해보라. 홈스의 표현대로 자신을 통해 무한 가능성이 표출되도록 의식적으로 선택해야 한다. 지금 당장 출발하여 선과 생명, 법과 이성의 길을 걸어가라.

갈림길 WHICH WAY

선택의 기로에 서면 어떻게 해야 할까?

어느 길을 따라가면 될까?

길을 모두 걸어보고 올바른 길을 선택하라

갈림길은 눈에 보이지 않지만

하나로 이어지는 커다란 원의 시작점이다

모든 길은 하나로 통한다

바다로 흘러가는 물줄기처럼 모든 길은 우리를 원점으로 데려간다

원점에 이르러 삶의 순환 고리를 완성한다

No Endings Only Beginnings

제2장

◆

진실하게
살아가자

"우리는 육체와 두뇌로만 이루어지지 않는다. 정신이자 영혼이기도 하다. 하지만 인간은 망각의 동물이다. 현재를 초월한 이야기가 있다는 것, 우리가 태어나기 전부터 시작되었으며 육신이 사라진 뒤에도 끝나지 않을 사명과 정체성을 부여받고 이 세상에 왔음을 잊고 있다. 내가 누구인지, 이 세상에서 내 영혼의 목적이 무엇인지 잊고 살기 때문에 온갖 곤경을 겪게 된다."

_로버트 모스 Robert Moss
오스트레일리아의 작가, 액티브 드리밍 워크숍 Active Dreaming Workshops('능동적 꿈꾸기'를 훈련해서 치유 및 창의력을 강화하자는 운동―옮긴이)의 창시자 영혼의 욕구는 진실한 삶을 살아갈 때 충족된다. 로버트 모스의 가르침처럼 꿈이나 영혼의 충동을 제대로 의식하지 못하면 내면의 목소리, 즉 '상위 자아'와의 의식적인 연결이 느슨해지기 시작한다. 연결 의식을 되찾는 유일한 방법은 꿈을 되새기고 내면의 깊숙한 감정을 끄집어내서 영혼의 외침을 재확인하는 것이다. 그러면 일체감과 온전한 건강에 이를 수 있다.

아이들은 진실하게 태어난다. 하지만 시간이 흐르면서 부모나 교사, 다른 권위 있는 존재가 가족의 기대나 사회적 가치, 종교적 신념에 부합하는 목표를 추구하라고 부추긴다. 아이들이 사랑을 느끼고 올바른 메시지를 전달받는 것은 좋지만, 어떤 처지에 놓여 있든 그들 역시 자라면서 스스로 선택해야만 하는 시기를 맞이하게 된다. 만약 그 선택이 진실한 본성, 즉 영혼의 욕구와 조화를 이루지 못하면 진정한 자아를 잃게 된다.

참되게 살지 못하면 진정한 본성을 버리게 되어 몸과 마음, 감정이 공공연히 스트레스를 받게 된다. 나는 부모의 꿈을 대신 이루기 위해 애쓰다가 심각한 질병에 걸려 세상을 떠난 사람들을 여럿 알고 있다. 반면에 자신의 실수를 깨달은 사람들, 이를테면 단지 경제적인 이유로 선택한 직장을 그만두고 인생을 바꿔 진정한 자아를 포용한 이들은 질병에 걸리는 경우가 드물었고 상대적으로 더 오래 행복하게 살았다.

진정한 자아를 마주하는 데는 용기가 필요하다. 로버트 모스가 주목했던 것처럼 때때로 사람들은 충격적인 사건의 여파로 진정한 자아를 잃는다. 트라우마를 경험하는 많은 사람들이 자신의 취약성을 드러내거나 겸손하고 정직하게 자기 자비Self-Compassion를 발휘해서 감정을 표현하기보다는 일정한 역할이나 가면 뒤로 숨어버린다. 대표적인 예로 전쟁에 투입되는 군인과 사건 사고를 목격한 뒤 2차 트라우마를 겪는 경찰이나 구급대원을 들 수 있다. 영웅적 행동이라는 철가면을 쓰고 공포심을 철저히 감추면 본래의 성격은 묻히고 사라진다. 트라우마는 사람을 바꿔놓지만 그런 삶의 변화를 통해 멋지게 성장하는 법을 배우기도 한다.

나의 참모습을 알고 진실한 인생을 살고 싶다면 자신의 부족함과 두려움, 약점과 실수까지 받아들여야 한다. 무엇이 열정과 호기심, 감탄을 자아내고 활기를 주는지도 알아내야 한다. 그래야만 스스로에게 도움이 되는 변화를 이룰 수 있다. 그렇다면 어떻게 해야 진정한 자아를 찾을 수 있을까? 내면과 다시 소통하는 방법에는 여러 가지가 있다. 한 예로 모스는 자각몽Lucid Dream과 샤머니즘의 조합을 이용해서 워크숍을 운영한다. 어떤 사람들은 상담을 받거나 다양한 유형의 명상, 마음챙김Mindfulness, 보디워크 Bodywork(운동 및 인지 수련을 통해 건강한 몸과 정신을 기르는 모든 활동—옮긴이) 또는 다른 창조적인 치료 요법을 수행하기도 한다.

스스로 진실한 삶을 살고 있는지는 어떻게 알 수 있을까? 만약 진실하게 살고 있는지 확신이 들지 않는다면 전자기기나 다른 방해 요인에서 벗어나 고요히 혼자만의 시간을 보내보라. 그리고 어떤 기분이 드는지 느껴보자. 끝없는 오락거리와 소음에 둘러싸이면 생각과 감정을 오롯이 느낄 수 없다. 만약 한 시간 동안 홀로 고요히 있어도 불편하지 않다면 스스로를 알아가는 중이라고 볼 수 있다. 스스로를 안다는 것은 기꺼이 자기 자신과 함께한다는 뜻이다. 그렇게 하면 정신없이 오락과 도피처를 찾아 헤매던 일상을 멈추고 자기에게 기쁨을 주는 것들로 일상을 채울 수 있다. 나는 평생 진실하게 사는 법, 내가 누구인지 아는 법을 배웠다. 아내를 떠나보낸 뒤에도 꽤 잘 지내고 있다는 사실에 놀라기도 했다. 나는 처음으로 혼자만의 인생을 마주해야 했고 아내가 몹시 그립지만 진실하게 살고 있기에 홀로 지내는 삶도 나쁘지 않다.

만약 혼자 있을 때 불편하거나 살면서 불만스러운 점이 있다면 계속해서 이 책을 읽어가기 바란다. 이번 장을 읽으며 그동안 잊고 지냈던 자아를 되찾는 계기로 삼고 힘이 되는 인용문과 글귀를 통해 자신의 참모습을 되찾겠다고 마음먹으라. 마음에 와닿는 문장을 제2의 바이블에 실어라. 영혼의 외침과 재회할 준비를 하라. 진정한 삶이 우리를 기다린다.

"'평범Normal'해지는 것은
(또는 평범해지려 애쓰는 것은)
아직 제자리를 찾지 못한 부적응자들에게
굉장히 큰 이상理想이다.
하지만 평균을 훨씬 웃도는 능력을 가진 사람들,
성공을 얻고 세상에서 자기 몫을 해내는 일이
전혀 어렵지 않은 비범한 이들에게
평범에 그치는 것은……
견딜 수 없는 권태와 내적 공허와 절망을 의미한다.
결과적으로 자신이 '보통'에 불과하다는 이유로
신경증에 빠지는 사람만큼이나
스스로 '보통'이 될 수 없기에
전전긍긍하는 사람도 많다."

_카를 구스타프 융(1875~1961)
스위스의 정신의학자, 분석 심리학의 창시자

스스로 느끼지 못하는 상처는
치유할 수 없다

가족이나 사회가 생각하는 보통 사람이 되려면 생각보다 훨씬 많은 문제가 생긴다. 현명하고 친절한 정신 치료사 융은 임상에서 다양한 유형의 신경증에 내몰리는 사람들을 수없이 만나보았다. 나도 외과의사로서 진료하는 동안 많은 사람이 암 혹은 다른 질병에 시달리거나 죽음으로 내몰리는 모습을 보았다. 나는 흔히 말하는 '성공할 때까지 성공한 척하라'는 조언을 주의해서 받아들이라고 당부한다. 허세가 지나치면 말 그대로 인생을 망칠 수 있다.

매일같이, 해마다 평범한 사람이 되려 노력하면서 시늉하다 보면 자기도 모르게 거기에 익숙해진다. 현재 상황에 적응하고 남의 비위를 맞추는 습관이 들면 감정과는 전혀 다른 행동을 자주 하게 되고, 결국 내적 갈등과 분열을 일으키게 된다. 이런 습관을 '감정 부정Emotional Dishonesty'이라고 하는데 모두가 예외 없이 갖게 되는 습관이다. 자기 부정Self-Denial 상태가 오랫동안 지속되면 크고 작은 영향을 받게 되고, 심한 경우에는 신체적 질병과 정신적 질환으로 이어져 온 가족이 고통받기도 한다.

주위 사람들을 기쁘게 하려고 진실한 감정을 부정하거나 끊임없이 자기 욕구를 미루는 것은 감정 부정에서 가장 흔하게 볼 수 있는 유형이다. 일을 하거나 가족을 돌보려면 어쩔 수 없이 자기를 전적으로 희생해야 할 것 같지만, 그것은 건강한 삶이 아니다. 이 경우 우리가 해야 할 일은 일정한 시간을 따로 떼어놓기이다. 자신을 위해 시간을 지켜나가기로 스스로와 약속하고 그 시간은 온전히 자기를 충전하고 창조적인 표현 활동을 하면서 보내야 한다. 휴가를 내거나 평소보다 오랜 시간 여유를 갖는 데 죄책감을 느껴서는 안 된다. 자기가 좋아서 하는 일 때문에 괴로워하지 마라. 그저 하고 싶어서 하는 일을 하면서 건강과 활력을 찾아라.

의사와 간호사는 감정 부정의 대가大家다. 그들은 항상 남을 돌보느라 좀처럼 자신을 돌볼 시간이 없다. 나도 의과대학을 졸업하고 외과에서 수련을 마친 뒤 보통 의사들이 겪는 고질적인 고통을 느꼈고 해가 갈수록 더욱 심해졌다. 의료진의 고통이란 말하자면 인간의 곤경을 진단하고 어려운 결정을 내려야 한다는 것, 모든 환자를 낫게 할 수 없고 모든 질병을 예방할 수도 없다는 것, 치료 도중에 합병증이 생기는 환자를 지켜보아야 하거나 치료하던 어린아이가 죽어가도 손쓸 수 없음을 받아들이는 것이 포함된다.

의사는 자신의 감정적 고통을 어떻게 받아들여야 하는지 제대로 훈련받지 못한다. 의사들은 스스로를 보호하기 위해 '관조적 관심Detached Concern'의 태도를 취해야 한다고 배운다. 관조적 관심이라니, 용어부터가 모순이다. 사실 이는 의사로서 진정한 자아, 즉 사사로운 감정을 멀리하라는 뜻이다. 의사들이 배워야 할 태도는 '온정적 돌봄Compassionate Caring'이다. 나도 외과의사라는 가면 뒤에 오랫동안 감정을 숨기고 있었다. 때로는 환자를 다정하게 돌본다는 생각에 이렇게 말하기도 했다. "한번 안아봅시다." 그러다 문득 그 말은 결국 내가 필요해서 꺼내게 되었음을 깨달았고, 환자들을 통해 오히려 치유받았음을 사과했다. 그러면 환자들의 반응은 한결같았다. "우리는 선생님도 보살핌이 필요함을 알고 있었어요. 그래서 안아드린 거예요." 그때 나는 의사라는 가면 뒤에 숨은 인간 버니도 돌봐야함을 배웠다.

비위 맞추기는 자기 부정으로 표출되는 감정 부정의 흔한 예다. 가령 마음속으로는 상대방의 요청을 거절했으나 입으로는 승낙하고 있다면 진지하게 감정을 들여다보아야 한다. 혹시라도 초대하는 사람의 기분이 상할까 봐 "좋아요, 저녁 파티에 참석할게요"라고 쉽게 말해버리는 편이라면 승낙할 때 나의 진짜 감정은 부정당하고 있음을 깨달아야 한다. 이는 스스로에게 정직하지 못한 행동이다.

틀림없이 융도 나처럼 상대방의 제안을 거절해도 '괜찮다'고, 싫다고 단호하게 말하는 편이 도리어 낫다고 조언할 것이다. '싫어요'는 완전한 한 문장이다. 도저히 대놓고 거절하기 어렵다면 이렇게 말해보라. "생각 좀 해보고 나중에 알려줄게요." 그런 뒤 생각을 정리한 다음 다시 연락해서 "아무래도 못 가겠어요. 그래도 초대해줘서 고마워요"라고 말하면 된다. 어떤 변명도 할 필요가 없다.

말실수라도 할까 봐 걱정된다면 릴리 톰린Lily Tomlin(미국의 영화배우—옮긴이)의 일화를 참고하라. 어떤 바이올리니스트가 릴리 톰린에게 카네기홀에 가는 길을 물었을 때, 그녀는 질문을 오해하고 이렇게 대답했다고 한다. "연습하고 또 연습하고 성공할 때까지 연습하세요." 하지만 틀린 말은 아니었다. 여러분도 성공할 때까지 똑같이 연습해보기 바란다. 거울 앞에 서서 대답하는 연습을 하자. "싫습니다" 또는 "고맙지만 사양할게요" 더 나아가서 "절대 안 해!" 등등. 참고로 거울 속 자신의 모습에 실소가 터질 수도 있다.

남들이 정해주는 대로 살며 남들 눈에 정상인이 되려고 애쓰는 것은 신이 인간에게 선택의 자유를 부여한 목적과 어긋난다. 감정을 속이는 사람들은 일반적으로 자가 치료Self-Medicating나 중독 행동을 보인다. 이런 선택은 허기진 영혼의 외침을 무디게 만든다. 외면당한 삶의 공허한 내면을 마주하기 싫어서 일중독에 빠지는 사람들도 있다. 끊임없이 타인의 문제에 관심을 쏟으며 진정성 없이 살아가는 일상도 감정 부정의 신호다. 어쩌면 이들은 치유되지 않은 과거의 트라우마를 부인하거나 좀처럼 풀리지 않는 현재의 인생을 부정하고 있는지도 모른다. '스스로 느끼지 못하는 상처는 치유할 수 없다'는 사실을 기억하자. 도망치기만 해서는 잘못을 바로잡을 수 없다. 진실하게 살려면 감정에 충실하고 마음의 소리를 따라야 한다. 우리는 상대방에게 감정적으로 솔직해지는 법을 배워야 하며 자신을 너무 부정해서는 안 된다. 도움을 청하고 기꺼이 받아들이는 법도 배워야 한다. 어떤 순간에도 자기를 버리지 마라.

끝으로 생각해볼 점은 마음속에 불꽃처럼 타오르는 꿈이 있지만 실패를 두려워하는 사람들이다. 그들은 우물쭈물하면서 미리부터 온갖 난관에 초점을 맞추고 남들의 반응부터 신경 쓴다. 그러면서 자신의 꿈이 터무니없는 희망이라고 하는 남들의 말을 듣는다. 그럴 때마다 내면의 불꽃이 꺼질 듯 흔들리다가 마침내 사그라지는 날을 맞이하게 된다.

스스로 자책하며 자기 능력을 의심하거나 실패를 두려워하는 것은 우리를 도구로 쓰려는 신의 능력에 의문을 제기하는 것이나 마찬가지다. 왜 신이 각자에게 부여한 고유의 능력을 함부로 방치하는가? 어째서 마음대로 꿈을 포기하려 하는가? 씨앗은 신이 이미 심었으니 물과 비료를 주는 것은 우리 몫이다.

여러분에게 꿈이 있고 하고자 하는 일이 있으며 지금과는 다른 사람이 되고 싶다면 오늘 당장 목표를 향해 한 걸음 나아가라. 대학 입시 안내 책자를 훑어보거나 스쿠버 다이빙 강좌에 등록하는 것, 뜨개질 개인 블로그를 시작하기 등 무엇이든 상관없다. 매일 한 걸음씩 앞으로 나아가기만 하면 된다.

장애물이 나타나면 돌아가는 길을 찾고 필요하면 도움을 구하라. 그러다가 위험이 닥칠 수도 있고 실패를 맛볼 수도 있다. 하지만 언제든지 실패를 딛고 전보다 더 현명하게 다시 시작할 수 있을 것이다.

자기 영혼의 갈망을 외면하는 삶은 살아도 사는 것이 아니다. 자신의 감정에 솔직해져라. 혹시 커서 우주 비행사가 되겠다던 어린 시절의 열정을 억누르고 있지는 않은가? 설령 우주탐사 임무를 직접 수행하지는 못한다 해도 우주에 대한 사랑과 과학적 열정을 경험하고 표출하며 타인과 공유하는 방법은 얼마든지 있다. 그런 방법을 찾아 나서라.

오직 생존을 위해 아등바등하는 삶을 추구하지 말고 무엇이든 자신의 열정을 좇아라. 자기만의 기준을 세워 그것이 얼마나 멋진 일인지 확인해보라.

"진심과 확신, 신념과 직관이 가득한 말은
강력한 폭탄과 같아서,
폭발의 진동이 난관이라는 바위를 산산조각 내고
고대하던 변화를 가져온다."

_파라마한사 요가난다 Paramahansa Yogananda(1893~1952)
인도의 요가 지도자, 영적 지도자

말의 힘을 존중하자

요가난다의 가르침대로 말에는 강력한 힘이 있다. 요가난다는 대중에게 '긍정적 확언Affirmations'을 사용하라고 권했다. 긍정적 확언에는 자신에 대한 부정적인 믿음을 떨쳐내고 비판적인 생각을 이겨내며, 자기 파괴적인 행동을 멈추게 하는 힘이 있다. 루이스 헤이Louise Hay(미국의 자기계발 및 명상 전문가, 헤이하우스 설립자—옮긴이)는 긍정적 언어 습관을 실천함으로써 인생을 반전시켰고 대중에게 자신의 경험을 소개하여 많은 이들의 생명을 구했다.

재치 있는 말장난도 삶의 교훈을 받아들이는 데 효과적인 도구이다. 예전에 내 아들 제프리가 자동차에 '이블EVIL(사악하다는 뜻—옮긴이)'이라고 적힌 번호판을 붙인 적이 있다. 왜 그런 번호판을 달고 다니는지 물어보니 아들은 "앞차에서 백미러로 보면 '라이브LIVE(생기 넘친다는 뜻—옮긴이)'가 된다"고 대답했다. 또 나는 다른 아들이 어릴 때 학교에서 그렸던 그림 이야기도 자주 한다. 집에 돌아온 아이가 '말Words'이라는 단어를 반복해서 써넣은 그림을 보여주었는데, 어느 순간부터 '말말말Wordswordswords'이 '칼칼

59

칼Swordswordsword'로 읽히기 시작했다. 말이 사람들을 하나로 모으기도 하지만 서로를 갈라놓기도 한다는 메시지였다. 새삼 어린 아이에게 그런 지혜가 있음이 신기했다.

인생을 살면서 올바른 말을 주고받지 못하면 사람들이 다칠 수도 있다. 옛 현인들의 말대로 "세 치 혀가 사람 잡는다". 수많은 사람이 전장에서 칼을 맞고 쓰러졌지만 비수처럼 꽂히는 말로 상처받은 사람이 더 많다. 이와 같은 진리는 소셜미디어에서 확연히 드러난다. 오늘날 청소년들은 인터넷상에 쏟아지는 악담과 욕설로 인해 목숨을 끊는다. 하지만 그와 동시에 벼랑 끝에서 친절한 위로와 응원의 말로 인정받으며 구원을 얻기도 한다.

몸은 본능적으로 말의 힘을 안다. 신체적 증상이 어떤 느낌인지 묘사하는 말에 주의를 기울이면 본능적 지식을 유리하게 활용할 수 있다. 신체 증상을 표현할 때 쓰는 말이 삶의 다른 측면까지 설명해주지는 않는지 늘 자문해보자. 쑤시고 뻣뻣한 관절이 빡빡한 업무 일정이나 인간관계를 반영할 수도 있고, 지끈지끈한 두통이 지금의 경제적 상황을 설명할 수도 있다. 이럴 때 우리 몸은 삶에 무슨 일이 일어나고 있는지 알아채라고 애원하는 중이다. 신체 증상이 몸에는 물론 삶에까지 적용된다고 인식하기만 해도, 건강을 해치는 상황을 외면하지 않고 자신에게 필요한 변화를 시도하는 동기가 될 수 있다.

때로는 어린 시절에 겪은 불행이나 트라우마가 성인이 되어서도 건강에 악영향을 미친다. 이럴 때도 말의 힘이 상처를 치유하는 데 도움이 된다. 특히 지난날의 나쁜 기억에 대해 짧은 글을 쓰되 과거와는 다른 결말을 지으면 효과적이다. 직감이 이끄는 대로 이야기가 흘러가게 두고 기분이 내킨다면 본인이 원하는 이상적인 결말로 마무리하라. 진심을 담아서 새로운 가능성을 열어라. 아마 자신에 대해 알게 된 사실과 트라우마에서 얻는 교훈에 놀랄지도 모른다. 진심과 확신, 신념과 직관을 담아 글을 쓸 때 과거 치유의 기회를 스스로에게 주고 새로운 인생을 시작하게 된다.

나는 사람들에게 시를 써보라고 종종 권한다. 꼭 고전적인 시나 운율을 맞춘 정형시가 아니어도 괜찮다. 문법이나 구두점 따위는 신경 쓰지 말고 마음속에서 우러나는 대로 자유롭게 지으면 된다. 마음 놓고 의식의 흐름을 따라 종이에 낱말을 풀어내는 작업은 말로 폭탄을 만들어 그동안 부정했던 감정의 철벽을 산산조각 내기 위한 과정이다. 자유롭게 시를 쓰며 아주 깊은 내면의 울림을 들어보라. 일상에서 접하는 무의미한 소음과 산만함을 뛰어넘어 신의 음성을 증폭시키는 천상의 보청기를 착용한 느낌이 들 것이다.

일기도 인생의 시가 될 수 있다. 일기는 주위 사람보다 나의 말에 더욱 귀 기울이는 관찰자 역할을 한다. 주위 사람들은 내 경험에 깊이 공감하지 못해 말을 해도 잘 알아차리지 못하거나 건

성으로 들으며 딴 데 정신을 팔고는 한다. 하지만 나만의 일기를 쓰면 진정한 자아를 밝혀내고 개인적인 고통에 다가갈 수 있다.

오래전 어느 날 밤, 깜빡하고 일기를 숨겨두지 않았는데 아내가 내 일기를 읽고 나서 말했다. "어째 재미가 하나도 없네." 인생이 무미건조해서 그렇다고 대꾸했더니 아내는 전에 내가 병원의 재미난 사건을 가족들에게 말해주었던 때를 떠올리게 해주었다. 그전까지는 일기에 재미있는 이야기를 적지 않았으나 이때부터 유쾌한 사건들도 일기의 한 부분이 되었다. 애정을 담아 주변을 바라보며 즐거운 마음으로 시를 짓고 글을 쓰면 인생을 치유할 수 있다. 웃음은 어떤 약이나 술보다 치료 효과가 뛰어나며 부정적인 감정을 모두 사라지게 한다. 웃음은 회복에 특효약이다. 웃으면 무감각한 일상이 멈추고 감정이 되살아나기 시작한다. 두려움과 웃음은 공존할 수 없다. 그러니 재미있는 이야기를 쓰거나 관찰하면 수용과 자기애의 공간에 머무는 셈이 된다.

이쯤에서 자작시 한 편을 소개할까 한다. 강연 여행에 아내를 동반할지 고민하며 쓴 시로 아내가 내 의견을 물었고 그 질문에서 영감을 받아 솔직한 심정을 일기장에 써 내려갔다.

아름다운 짐 A BEAUTIFUL BURDEN

"혼자 가면 마음에 짐이 되고,

함께 가면 탈장이 되겠구나."

우리는 자주 부부 동반 여행을 다니지

좋으나 궂으나 함께하지, 우리는 한 팀

가끔 비행기도 함께 타지

그럼 짐 가방은 모두 내 차지

아내의 짐 가방은 터지기 일보 직전

그렇지만 과감하게 탈장에 승부수를 던져본다

사랑이 있으면 짐이 가벼워진다던데

결국 나 홀로 여행에서 배운 한 가지

혼자 된 마음이 터질 듯한 짐 가방보다 더 무겁다는 것

여러분도 당장 오늘부터 시를 써보라. "시 쓰기에는 소질 없어요", "창의력 고갈입니다" 같은 소리는 접어두고 말이다. 시는 자기 인생을 담는 것이다. 운율이나 남들 시선은 중요치 않다. 시 쓰기는 내 안의 생명에 귀를 기울이며 신이 그렇듯이 안팎으로 온전하게 나를 치유하는 것이다. 지금 펜을 들고 조용히 앉아서 내 안에서 울리는 창조주의 음성을 들어라. 실제 삶을 글로 지어 내면서 강력한 폭탄이 뿜어내는 진동 에너지를 느끼고 자기만의 빅뱅을 일으키자!

"수백 년 동안 시인과 화가들이
대중에게 알리려 했듯이 예술은 재능을 표출하거나
보기 좋은 작품을 만들기 위함이 아니다.
예술은 인간의 영혼을 지키고 담는 것이며
인생의 순간을 붙잡아 사색할 거리로 만드는 것이다.
예술은 일상에서 영원을 포착하며
영원한 것이야말로 영혼의 양식이다.
그렇게 우리는 작은 모래알 하나에서 온 세상을 본다."

 _토머스 무어 Thomas Moore(1940~)
미국의 가톨릭 수도사이자 심리 치료사, 『영혼의 돌봄Care of the Soul』 저자

내 안의 숨겨진 나를 드러내자

수도사 출신으로 카를 구스타프 융을 열렬히 지지하는 토머스 무어는 참다운 목적의식을 찾기에 앞서서 자기 자신과 종교의 핵심을 깊이 파고들었다. 나는 무어가 영혼에 대해 묘사한 구절을 정말 좋아한다. 왜냐하면 내가 신과 우주 만물 그리고 스스로를 이해하기 위해 걸어온 수많은 길과 통하는 부분이 있기 때문이다.

사람들은 나를 의사나 치유자 또는 영성 지도자로 여기지만 화가이기도 하다. 사람들은 여러 가지 역할을 복합적으로 수행하면서 살아가는데, 그런 경험은 삶의 어려움에 적응하고 살아남는 데 도움이 된다. 나 역시 의사로서 스트레스를 받고 불행하다고 느낄 때마다 예술혼을 이용해 정신을 가다듬고는 했다. 그림을 그리다 보면 내 영혼이 위로를 찾고 불행과 고통이 새롭게 탈바꿈했다. 시간은 더 이상 존재하지 않았다. 그림이 치료 약이 되었고 덕분에 제대로 살아갈 수 있었다.

그동안 우리 가족 모두가 각자 본성을 잘 드러내며 원하는 일을 하는 모습을 그렸는데, 결과적으로는 시 쓰기와 마찬가지였다. 그림 속 가족은 생동감이 넘쳤고 그림 그리기는 내 안의 창의력을 충족시켰다. 그러다 자화상을 그리려고 거울을 보았을 때, 그 속에는 가면을 쓴 어떤 남자가 있을 뿐이었다. 그때 내 감정을 똑바로 마주하기 어려웠던 이유는 약한 모습까지 모두 솔직하게 직시해야 했기 때문이다. 그래서 차라리 외과 수술복 차림의 자화상을 그렸다. 그 어떤 거울도 수술용 마스크와 모자로 감추고 수술복으로 꽁꽁 숨긴 진짜 감정을 건드릴 수 없었다. 그때 그린 그림은 스트레스를 풀거나 영혼의 피로를 달래는 데 아무런 도움이 되지 못했다. 겉으로 드러난 직업에 집중한 것은 나만의 개성을 부정하는 방편이었다. 그때는 자신의 참모습을 보고 받아들일 때 치유가 시작됨을, 그러니 가면을 써서 덮어버리면 안 된다는 것을 미처 깨닫지 못했다. 나중에 정신과 의사인 엘리자베스 퀴블러로스Elisabeth Kübler-Ross의 독특한 미술 수업에 참여하면서 비로소 내면을 그림에 드러낼 수 있었다.

미술과 시각적 상징이 얼마나 효과적으로 사람들의 삶과 영혼을 건드리는지 매번 감탄하게 된다. 나는 강연할 때 청중에게 검은 점 하나가 찍힌 흰 종이를 보여주며 들고 있는 그림을 묘사해보라고 요청한다. 그러면 사람들은 검은 점의 모양이나 크기, 면적 따위를 논하면서 오랜 시간을 보내는데 점 주변에 넓고 흰 공간이 있음은 잊은 채 열띤 토론을 이어간다. 그러면 나는 이 종이가 우리 모두의 삶을 대변한다고 설명하며 삶에도 어두운 점 하나보다 훨씬 더 많은 여백이 있음을 기억하라고 알려준다. 그리고 남편이 암에 걸린 후로 "인생은 흰 바탕에 검은 점이 아니다. 인생은 무지개와 같다"고 말했던 사람의 일화도 함께 들려준다.

검은색은 모든 색깔이 혼합된 색이며 그로부터 다른 아름다운 색이 나온다. 우리는 저마다 어려움, 즉 검은 점을 가지고 있지만 거기서 무지개 색을 뽑아내는 능력도 지니고 있다. 여러분도 검은 점 그림을 마음에 새기면서 각자의 어려움에 대해 생각해보자. 과연 나의 무지개는 어떤 빛일까?

가령 첫 진료를 받으러 갔는데 의사가 진찰도 하기 전에 크레용과 종이를 주며 그림을 그려달라는 요청을 한다고 상상해보자. 아마 이런 생각이 들 것이다. '이건 미친 짓이야.' 하지만 그림은 그리는 사람의 삶과 몸 상태를 알아볼 수 있는 직관적인 창구이기에 나는 진료의 일환으로 꾸준히 그림을 사용해왔다. 전에 발표한 책 『치유의 기술 The Art of Healing』에서 사람들이 그림을 통해 잠재의식을 드러내고 의식적으로 자아와 열린 소통을 하도록 도와주는 방법을 소개했다. 어떻게 보면 고유한 영혼의 개성을 활용하는 하나의 방법이라 할 수 있다. 나는 환자들에게 이렇게 말한다. "맨 먼저 당신이 미술에 재능이 없다는 생각이 들더라도 그림을 망치거나 잘못 그릴까 봐 걱정하지 마세요. 아이들은 그림 그리기를 좋아하며 자기 작품을 깐깐하게 평가하지 않지요. 동심을 발휘해 종이 위에서 마음껏 놀면 됩니다. 우리가 그리는 그림은 미술 숙제가 아니라 진짜 자아를 만나는 즐거운 작업이니까요."

그러니 지금 바로 그림을 그려보면 어떨까? 백지를 한 장 꺼내고 검은색과 흰색, 갈색, 다채로운 무지개색이 들어 있는 크레용이나 펜 한 상자를 준비하자. 백지를 세로 방향으로 놓고 자화상을 그려보자. 혹시 앓고 있는 질환이 있다면 백지를 한 장 더 가져와서 현재 모습과 질병 및 치료법, 질병이 사라지게 하는 면역 체계도 그림으로 표현해보라. 여기서 질병을 '없앤다'는 표현 대신 '사라지게 한다'고 표현한 것에 주목하기 바란다. 만약 자가면역질환을 앓고 있다면 면역 체계가 순조롭게 작동하는 상태를 그려라. 다시 건강해지려면 병마와 싸우고 죽이는 공격적인 방법만 필요한 것이 아니다. 마치 얼음이 녹아 없어지는 모습을 떠올리듯 다정하고 긍정적인 그림을 그리면서도 질병을 치유하고 치료할 수 있다.

만약 가정이나 직장 문제에서 통찰력을 얻고자 한다면 가족과 함께 있거나 직장에서 일하는 모습을 그려보라. 야외를 배경으로 해도 좋고 마음에 드는 배경이면 어디든 좋다. 그림이 완성되면 하루 이틀 한쪽에 치워둔다. 그러고 나서 신뢰하는 사람과 함께 그림을 다시 꺼내서 살펴보면 된다. 비록 우리가 미술치료사는 아니지만 자기가 그림으로 표현한 이미지를 들여다보면 속에 담아둔 문제를 파악하기 쉬워진다.

그림에서 표현되지 않은 부분, 특히 특정 신체 부위처럼 그림에 드러나지 않은 부분이 어떤 의미인지도 주의해서 살펴봐야 한다. 예를 들어, 일하는 모습이지만 손을 그리지 않았다면 그 일을 감당하기 힘들다는 의미일 수도 있다. 이때, 어떤 색을 사용했는지도 유심히 보라. 다채롭고 활기찬 색을 썼는가 아니면 한 가지 색을 주로 썼는가? 가족을 그렸다면 구성원들의 위치와 거리, 발의 방향도 주목하라.

만약 항암 치료를 받는 사람이 무의식적으로라도 화학요법에 쓰이는 약물이 끔찍한 부작용을 일으키는 독약이라고 생각한다면, 그런 두려움이 그림에 드러날 것이다. 한 가지 구체적인 예를 들면 환자가 항암 치료 가방을 그리면서 두개골과 뼈 모양으로 이루어진 독극물 표시까지 그리는 경우도 있었다. 누군가의 그림이 이처럼 부정적인 이미지를 나타낸다면 치료에 앞서 대체 요법을 고려하거나 주치의를 바꾸거나 치료법에 대한 생각을 전환해야 한다는 의미로 해석할 수 있다. 이럴 때 환자가 치료에 임하는 자세를 바꿔 치유를 돕는 방법은 첫 항암 치료를 받기 전 열흘 동안 매일 다섯 번씩 성공적인 결과를 그림으로 시각화하는 것이다. 처음에 그린 독약 이미지를 반짝거리는 사랑의 천사 이미지로 바꾸면 사랑의 천사라는 치료 약이 몸속을 돌며 환자를 건강하게 해준다. 이 방법은 말 그대로 자기를 재정비하는 데 도움이 된다. 부작용이 거의 없고 보다 성공적인 예후를 기대해볼 수 있다.

자녀에게 집과 가족을 그려보게 하면 아이들의 감정과 가족 구성원 간의 역학관계를 이해하는 데 유용한 통찰력을 준다. 진로를 어떻게 잡을지, 이사를 어디로 할지 등등 살면서 문제가 생기거나 새로운 선택을 할 때마다 새로운 그림을 그려라. 이직이나 이사를 고려하는 상황 또는 장소에 놓인 자기 자신을 그려보라. 무의식은 꿈에서처럼 그림에서도 방향을 알려준다. 올바른 선택에 필요한 정보는 모두 그림 안에 있다. 요즘도 그림 그리기를 계속하며 종이 위에 나타난 결과물을 통해 나에 대해 끊임없이 알아가고 있다. 내게는 여전히 변화가 생기는 중이고 그럴 때마다 그림으로 표현하기를 좋아하기 때문이다.

그림 그리기는 간단해 보이고 실제로도 간단한 방법이지만, 해석은 만만치 않다. 자기 그림을 가장 잘 아는 사람은 그린 사람 자신이지만, 의사나 미술치료사 혹은 상담사와 함께 그림을 해석해보는 것도 도움이 된다. 미술치료의 세부 사항까지 속속들이 알고 싶다면 내가 쓴 『치유의 기술』외에 그레그 퍼스Gregg Furth의 『그림 속에 숨겨진 마음의 세계The Secret World of Drawings』와 수전

바흐Susan Bach의 『그림 속에 펼쳐지는 인생Life Paints Its Own Span』도 읽어보기 바란다. 그림 그리기는 자신의 결정에 확신을 갖거나 처한 현실과 결과를 변화시키는 힘을 준다. 그저 우리가 되고자 하는 사람이 이미 된 듯 자발적으로 노력하고 행동하기만 하면 된다.

이제 크레용을 꺼내 자신을 위한 '사랑의 예술'을 시작해보라. 자기만의 다양한 색깔과 모양, 디테일이 아니면 스스로를 달리 표현할 수 없기에, 말로 표현할 수 없는 독특하고 사랑스러운 영혼의 번뜩임과 진실이 그림으로 드러난다는 사실을 깨닫게 될 것이다.

No Endings Only Beginnings

제3장

◆

변화를 두려워하지 않는
마음을 갖자

"활쏘기에서 우리는 군자의 태도를 엿볼 수 있다. 궁수는 과녁을 명중시키지 못하면 뒤돌아서서 실패의 원인을 스스로에게서 찾는다."

_공자孔子(B.C.551~B.C.479)
중국의 사상가

명사수는 명중에 실패했을 때 활이나 화살, 과녁을 탓해봐야 소용없음을 안다. 자신에게 가혹하게 굴지 말아야 한다는 점도 잘 안다. 과녁에서 빗나간 화살은 정신을 가다듬고 순간에 집중하며 평정심을 되찾으라는 경고일 뿐이다.

최상급 운동선수들은 '생각대로 이루어진다'는 원리에 익숙하다. 골프를 예로 들어보자. 어느 골프 선수가 경기 중에 워터 해저드(바다, 호수, 도랑 등의 수역水域—옮긴이)를 만났을 때, 골프공이 강물에 빠지는 이미지를 단 몇 초라도 상상하면 원치 않는 결과가 실현될 수 있다. 하지만 공이 목표 지점에 도달하는 이미지를 시각화하면 해저드를 넘어 무사히 그린에 안착할 가능성이 훨씬 높아진다.

다들 바쁘게 사느라 자기 몸이 보내는 신호를 느끼고 듣는 것을 잊기에 목적의식을 잃고 만다. 그 대신 마음속은 걱정, 후회, 의무감으로 채워진다. 위험 경고 신호인 신체적·정서적 증상을 인지하지 못하거나 알고도 대수롭지 않게 넘긴다. 하지만 우울증이나 공황장애, 다른 신체 질환을 겪을 때마다 몸은 이렇게 아우성친다. "조심해! 화살이 과녁을 벗어났어!" 이처럼 신체 증상은 삶의 균형을 되찾는 데 집중해야 한다고 경고하는 신호다.

자신이 해결해야 할 문제를 전혀 책임지지 않으려는 사람들이 허다하다. 그런 사람들은 누군가 혹은 무언가 때문에 자신이 희생했다고 생각하며 미래에 대해서도 무력감을 느낀다. 하지만 우리는 선택을 할 수 있기에 모든 문제를 바로잡을 수는 없다 해도 어느 정도 문제를 해결하거나 원인으로부터 벗어날 수 있다.

대부분의 사람들이 무엇이 잘못되었는지, 고통스러운 상황을 어떻게 바꿔야 하는지 아예 모른다. 하지만 요청하기만 하면 항상 도움을 받을 수 있다. 도움을 구하면 자신의 나약함이나 이기심이 겉으로 드러난다고 생각하는 사람도 있다. 어떤 식으로든 남에게 약점을 잡히거나 모자란 사람으로 비치지 않으려는 두려움 때문에 잘못된 방법으로 대처하기도 한다. 이를테면 괴롭힘을 당할 때 주변에 알리는 대신 자해나 마약에 눈을 돌리는 아이들이 있다. 그들은 부모에게 자신의 괴로움을 숨기고 남들이 자기를 경멸할 만한 원인이 실제로 있을까 봐 두려워한다. 여기서 아이들이 깨닫지 못하는 것은 혼자가 아니라는 사실이다.

아이들은 자기만 그런 일을 겪는다고 생각하기에 힘든 이야기를 꺼내지 않는다. 우리는 아이들에게 문제의 '원인'을 없애야지 자기 자신을 없애려 하면 안 된다고 가르쳐야 한다. 자해 또는 자가 치료처럼 건강하지 못한 대처법은 어린 나이에 시작되어 성인기까지 지속될 수 있다. 이런 행동은 문제를 더욱 악화시켜 결국 심각한 질병과 사망까지 초래할 위험이 있다.

부모 또한 자녀에게 그들이 사랑받고 있으며 사랑받을 가치가 있다고 표현하는 방법을 배워야 한다. 좋은 부모가 되기 위한 육아 수업을 고등학교와 대학교 정규과정으로 도입한다면 대부분의 사람들에게 도움이 될 것이다. 하버드대학에서 학생들을 대상으로 실시한 장기 연구에 따르면, 자라면서 부모의 사랑과 인정을 받지 못했다고 느낀 학생들은 졸업 후 중년이 될 때까지 중병에 걸릴 확률이 98퍼센트로 나타났다. 이는 사랑과 인정을 받았다고 느낀 학생들의 발병률보다 4배나 높은 수치였다. 하지만 부모의 양육이 바람직하지 못했다고 해서 자녀들의 남은 인생이 반드시 나쁜 쪽으로만 흘러가는 것은 아니다. 그런 학생들도 좋은 부모의 역할을 배우면 훨씬 멋진 인생을 살 수 있다.

내게 수술을 해달라고 찾아왔던 어떤 여자 환자가 기억난다. 나는 그녀의 의료 기록을 살펴보면서 깜짝 놀랐다. 그녀는 몇 달에 한 번씩 수술을 받아왔는데 그중에 몇 건은 꽤 위험한 수술이었다. 그녀는 허리가 아프다거나 무릎이 아프다며 의사들을 들볶았다. 의사들은 그녀의 끊임없는 불평에 시달리다 결국에는 수술을 해주었을 것이다. 아마 신체적으로는 전혀 문제가 발견되지 않았을 테니 그녀는 또 다른 의사를 찾아가서 다른 곳이 아프다고 불평을 늘어놓았을 것이다. 자신이 불행한 원인을 스스로에게서 찾으려는데 마음이 아닌 몸에 초점을 맞춘 결과이다. 나는 그녀에게 이렇게 말했다. "진료 기록을 보니 환자분은 사람들의 관심과 보살핌을 받고 싶어 하는 것 같군요. 수술은 해드리지 않을 겁니다만, 여기 와서 진료를 받겠다면 환자분에게 진짜 상처를 주는 상황을 바꿔서 치유를 도와드리죠." 이 말에 충격을 받은 그녀는 자신의 행동이 잘못되었음을 깨닫고 도움이 필요함을 인정했다.

그 후 6개월 동안 그녀는 심리치료를 받으러 왔다. 우리는 마주 앉아 이야기를 나눴고 그녀의 건강도 서서히 좋아졌다. 그러다 마침내 환자의 보험사에서 안내장을 보내왔다. 외과의사가 하는 상담 치료비는 보험으로 처리할 수 없다는 내용이었다. 나는 답장을 보냈다. "올해 이 환자의 의료 기록을 좀 보십시오. 귀사에서 올해 상반기 6개월 동안 얼마나 많은 보험금을 지급했는지, 더불어 하반기 6개월 동안 지급 액수가 얼마나 줄었는지도 확인해보십시오. 지금까지 이 환자는 자기 자신을 벌주기 위해서 온갖 말도 안 되는 이유를 대며 계속 수술을 받아왔습니다. 상담 치료를 통해 환자는 스스로에 대한 감정을 변화시키고 있으며 이제 더는 고통받고 있지 않습니다." 나는 보험사로부터 다음번 회신을 받고 쾌재를 불렀다. "좋습니다. 상담 치료를 계속하세요."

인생을 바꾸려면 중대한 결정 혹은 작은 변화가 필요하다. 환경을 바꿔야 할 때가 있는가 하면 태도나 관점, 행동 양식을 바꿔야 할 때도 있다. 언제 변화를 모색해야 할지 알아보는 유용한 질문이 두 가지 있다. 하나는 '직장과 일상생활에서 성취감을 느끼는가?'이고 다른 하나는 '가족과 다른 인간관계에서 행복을 느끼는가?'이다. 둘 중 하나라도 아니라는 대답이 나온다면 삶에 변화가 필요하다는 신호로 볼 수 있다. 정신적·육체적·정서적 건강은 모두 우리의 올바른 선택에 달려 있다.

지금 여러분의 인생이 마음에 들지 않는다면 바꿔라. 변화를 두려워할 것이 아니라 두려움을 변화시켜야 한다. 변화를 상위자아가 바라는 모습으로 살기 위해 자신이 좋아서 하는 노력이라고 생각하면 두려움도 달아난다. 나는 몇 명의 암 환자에게 새사람으로 거듭난 본인의 이야기를 시로 써달라고 부탁했다. 어느 신사는 자아의 재탄생을 멋지게 표현하며 자작시를 끝맺었다.

아직 둘이지만, 하나는 사라진다
천년만년 살 거라던 사나이는 죽어가고
또 다른 내가 그로부터 탄생한다
새로 태어난 나도 완벽하진 않구나
그래도 노력은 헛되지 않았구나

자신에게 닥친 절망과 불행을 남 탓으로 돌리고 싶을 때는 공자가 말한 궁수를 떠올리자. 잘못은 오직 나의 선택에 있다. 이상적인 삶의 모습을 자신의 인생 매뉴얼이나 일기에 써넣고 자주 들여다보며 상상하라. 스스로 변화의 주인공이 되자!

"이 세상에 물보다 더 부드럽고 순한 것은 없다.
그런데도 딱딱하고 뻣뻣한 성질을 누그러뜨리는 데는
물이 으뜸이다.
유연함이 강인함을 이기고
부드러움이 딱딱함을 이긴다."

_노자老子 (?~?)
중국 사상가, 『도덕경』의 저자

태도를 바꾸려면 먼저 생각을 바꾸자

어린 시절에 길러진 태도는 바위처럼 굳어지지만 그렇다고 영원히 그대로인 것은 아니다. 폭포수 아래 있는 바위를 눈여겨본 적이 있는가? 시간이 흐르다 보면 아무리 딱딱한 바위 표면도 끊임없이 내리치는 물줄기를 버티지 못한다. 날카로운 모서리는 둥글게 닳아 없어지고 단단한 표면에도 서서히 홈이 파인다. 습관적으로 하는 생각도 마찬가지다. 부정적이든 긍정적이든 간에 어떤 생각을 거듭하다 보면 몸도 그 생각이 사실인 듯 반응하게 된다. 어느 쪽 태도를 취하더라도 그 생각과 믿음은 고스란히 생활 환경에 반영되어 결국 현실이 되고 만다.

40년 전에는 누군가에게 삶의 태도와 건강의 상관관계를 연구해보라고 권하기가 쉽지 않았다. 하지만 오늘날에는 여러 과학자가 DNA 및 유전자와 환경의 상호작용을 다루는 이른바 후성유전학Epigenetics을 연구하고 있다. 과학자들은 이제 유전자가 인간의 삶에 얼마나 큰 영향을 미치는지, 반대로 인간의 삶이 유전자에 어떤 영향을 미치는지 잘 알고 있다.

우리 인생은 유전자가 결정하지 않는다. 생각과 태도가 전등 스위치처럼 작용하는 것이다. 모든 유전자에는 켜고 끄는 온·오프 스위치가 달려 있으며 각각의 스위치는 서로 다른 효과를 낸다. '으, 일하기 너무 싫어', '내 인생은 되는 일이 없구나' 이런 생각을 끊임없이 하는 사람은 무기력한 희생자의 태도를 굳히게 된다. 그런 사람의 유전자는 희생자에게 어울릴 법한 방식으로 반응한다. 삶에 불만이 많으면 환경 독소나 스트레스, 질병 등을 잘 이겨내지 못한다. '이렇게 사느니 차라리 죽는 게 낫지'라는 메시지를 자신의 몸에 보낸 셈이라 그렇다. 스트레스가 오래가면 DNA 변이가 생기기도 하는데, 그 결과 스트레스 요인에 대처하는 적응력이 떨어질 뿐만 아니라 유전적 돌연변이나 결함이 다음 세대까지 전해질 수도 있다. 반면에 자기 삶을 즐기는 사람의 유전자는 정반대의 메시지를 전달받아 그 사람이 건강하게 살아가도록 활기차게 반응한다.

전에 내가 가르친 의대생 한 명이 심각한 정극과 유쾌한 코미디에 출연하는 연극배우들을 비교하는 조사를 했었다. 공연하는 배우들은 모두 똑같은 스트레스 상황에 놓여 있었다. 그들은 대사를 암기해야 했고 매일 밤 연극 무대에 올라 관객과 비평가들 앞에서 연기해야 했다. 겨울을 나는 동안 정극 배우 여러 명은 감기나 독감에 걸렸고 건강을 회복할 때까지 공연에서 하차할 수

밖에 없었다. 불행한 인물을 연기하다 보니 신체 면역력이 떨어질 수밖에 없었던 것이다. 한편, 코미디 연기를 하는 배우들은 병치레가 없었다. 인생의 즐거움, 즉 재미와 웃음을 맛보다 보니 면역력이 더욱 강해져 몸도 마음처럼 웃음과 기쁨에 호응했다.

인생의 행불행은 처한 상황이 아니라 우리가 하는 생각이 좌우한다. 믿기 힘들겠지만 표현하는 방식을 살짝만 바꿔도 실제로 생각이 바뀐다. 한 가지 실험을 해보자. "공과금을 내야 하는데!"라고 큰 소리로 말한 뒤 눈을 감고 이 생각을 되뇌면서 몸의 반응에 주목해보라. 공과금을 '내야만 하는' 기분은 어떤가? 아마도 인상이 찌푸려지거나 어금니를 악무느라 턱에 힘이 들어가고 어깨 근육이 뭉치기 시작할 것이다. 걱정하느라 힘이 쑥 빠질 수도 있다.

이번에는 "공과금을 내야지!"라고 외친 뒤 다시 눈을 감아보자. 역시 이 생각을 계속하면서 자신의 신체 반응을 살핀다. 찡그렸던 얼굴이 펴지는가? 턱과 어깨의 긴장이 풀리는가? 걱정이 안도감이나 고마움으로 변하지는 않았는가? 지금부터 매일 일상에서 자신이 사용하는 언어에 귀를 기울여 선택권을 빼앗아가는 모든 단어를 바꿔라. 생각의 주체가 되면 무엇이든 '마지못해' 하는 것이 아닌 '스스로 내켜서' 하게 된다. 때로는 '○○을 해야 한다'에서 '○○을 하겠다'로 표현만 바꾸면 된다. '○○을 안 하겠다'고

해도 좋다.

행복에 어떤 걸림돌이 생겼을 때 너무 고지식하게 굴지 말아야 한다. 그 대신 어떤 생각으로 행복을 기꺼이 단념할 수 있을지 자문해보면 좋다. 예수가 니고데모에게 말했듯이, "우리는 물이요 성령이다(요한복음 3장 5절, 물과 성령으로 거듭난 사람이 구원받는다는 내용을 빗댄 표현—옮긴이)". 폭포수가 단단한 바위의 모양을 바꾸듯 융통성을 발휘하여 생각이 태도를 바꾸도록 하자. 권위를 내려놓고 감사하는 마음을 가져보라. 나의 경우 아들딸을 부양할 때나 손주들 학비 지원을 생각하면 효력이 있었다. 사랑하고 감사하는 마음이 들 때 누군가에게 베풀 기회가 생기면 내게도 보람이 된다.

많은 사람이 승리와 성공, 완벽을 고집하느라 스스로 불행에 빠진다. 사람들은 완벽하게 성공하지 못하면 곧 실패라고 생각한다. 하지만 성취에 대한 이런 부정적인 태도를 바꿔 다음번에 더 분발하는 원동력으로 삼는다면 실수를 반복할 가능성을 줄이고 새로운 목표 달성법도 모색할 수 있다. 시행착오를 거치며 한층 더 현명하고 지혜로워진 자기를 되레 미워하거나 책망하느라 시간을 낭비하지도 않게 된다. 스스로 좋은 본보기가 되어 다른 사람들에게 영감과 교훈을 주면서 성공의 비결을 함께 나눌 수도 있다.

인생관은 그 자체로 생존과 직결된다. 삶에 대한 태도가 인체에 생리학적 변화를 일으키기 때문이다. 낙관주의자가 비관주의자보다 장수하고 인생을 훨씬 더 누리며 산다는 사실은 여러모로 입증되었다. 낙관적인 태도는 삶에 생기를 더하지만 절망과 자포자기는 생명을 시들게 한다. "100세까지 살고 싶으세요?"라는 질문을 던지면 사람들의 인생관과 생활양식을 알아낼 수 있다. 당신은 나이가 들어 노인이 되는 것이 두려운가, 아니면 인생의 황혼기에 어떤 기회가 펼쳐질지 손꼽아 기다리게 되는가? 우리는 모두 노인이 되지만 노년을 제대로 맞이하는 사람은 그리 많지 않다.

나는 사람들에게 '태도ATTITUDE'라는 단어가 새겨진 장식용 핀을 즐겨 나눠준다. '태도 핀'은 좋은 대화거리가 되고, 태도가 자신과 주변 사람에게 어떤 영향을 미치는지 생각해보는 계기를 마련해준다. 가령 태도 핀을 꽂은 사람이 심통을 부리고 있으면 누구든지 핀을 가리키며 말할 수 있다. "저기, 핀이 비뚤어졌네요." 그러면 상대방은 알아듣고 미소를 짓거나 웃게 된다. 무례하거나 모욕적인 방법이 아니라서 효과가 아주 좋다.

한번은 병원 원무과 직원이 내게 큰 가르침을 주었는데, 그녀는 이런 말을 했다. "병원에 처음 취직했을 때 정말 끔찍했어요. 주변에 온통 불행한 사람들과 의사, 간호사뿐이었으니까요." 출근 첫날, 그녀는 사무실에 가서 도저히 일을 못 하겠다고 말했다. 하지만 병원 측은 그녀가 퇴사하기 2주 전에 미리 통지해야 한다는 계약서에 서명했으니 바로 그만두면 안 된다는 입장이었다. 그녀가 말했다. "2주 동안 매일 아침 마지못해 일어났어요. 하지만 마지막 날에는 기분 좋게 일어나서 행복한 마음으로 출근했는데, 그제야 깨달았죠. 내 주위 사람들도 모두 행복해 보인다는 사실을요. 그래서 그만두지 않고 계속 행복하게 일하기로 마음먹었답니다."

그때 그녀는 병원 생활 2년 차였다. 나는 그녀가 병원 곳곳을 누비며 행복과 사랑을 뿜어내고 주변 모든 이들에게 긍정적인 영향을 미치는 모습을 보고 태도 핀을 하나 주었는데, 그러면서 그녀의 이야기를 듣게 되었다. 변화의 주인공으로 정말 훌륭한 본보기가 아닌가! 나는 그 후로도 그녀에게 이름과 무지개가 새겨진 핀을 주었다. 무지개 핀은 진심을 다해 환자를 보살피는 직원에게 주는 징표였다. 나는 핀과 함께 전달할 카드도 썼다. "웃음은 전염됩니다. 해피 바이러스의 보균자가 되기를." 우리는 긍정적인 면모에 초점을 맞추면서 병원을 특별한 사람들의 공동체로 만들어나갔다.

행복은 우리가 태어날 때 받은 선물이 아니라 적극적인 선택, 다시 말해 '긍정성Positivity 참여하기'이다. 행복한 사람들은 자신의 태도와 문제에 대처하고 시간을 활용하는 방식을 적극적으로 선택한다. 내가 행복해 보일 때 모두가 더 큰 행복을 느낀다.

잊지 말자. 주위 사람들도 모두 나와 똑같은 삶을 살고 있다.

사람들은 모두 저마다의 고민과 어려움을 안고 살아간다. 그러니 세상이 불공평하고 암울한 곳이라 느껴진다면 인생 혹은 삶의 태도부터 바꿔야 한다. 스위치를 아래위로 껐다가 켜서 앞날을 환하게 밝혀라. 스스로를 위해 변화의 주체가 되어라. 그러면 주변 사람들에게 등대가 될 수 있다.

경이로운 물의 성질을 생각해보라. 물은 얼면 바위처럼 단단하고 액체로 흐를 때는 한없이 유연하며 수증기로 증발할 때는 영혼처럼 자유롭다. 인간의 뇌는 73퍼센트가 물로 이루어져 있다. 태도가 얼음처럼 단단히 굳어 좀처럼 바꿀 수 없다면 중국의 철학자 노자를 기억하라. 물의 성질을 곰곰이 생각하면서 태도를 누그러뜨리자. 변화는 의외로 쉽게 시작된다.

"자네가 내 앞에 서서 나를 바라볼 때,
내 안의 슬픔을 자네가 어찌 알며
자네의 슬픔을 내가 어찌 다 헤아리겠나?
설령 내가 자네 앞에 엎드려 울부짖는다 한들,
누군가 지옥이 참혹한 불구덩이라고 말하는 소리를 듣고
지옥을 상상하는 게 차라리 쉽지,
나를 제대로 알기는 어려울 걸세.
그런 이유만으로도 우리들 인간은 서로 존중하고
성찰하며 사랑스럽게 서로를 바라봐야 하지 않겠나.
마치 지옥문 앞에 선 사람들처럼 말일세."

_프란츠 카프카 Franz Kafka(1883~1924)
유대계 작가, 20세기를 대표하는 소설가

상황을 바라보는 관점을 바꾸면
새로운 기회가 열린다

프란츠 카프카의 글은 장소와 상황을 불문하고 사람이나 동물 심지어 세상을 대하는 방식에 두루 적용된다. 관점이라는 메시지를 다루기 때문이다. 나는 의대생이라면 누구나 병상에서 일주일을 보내며 환자들의 관점을 경험해봐야 한다고 생각한다. 의사, 간호사, 원무과 직원이 환자들의 생활을 체험해보면 환자에게 더욱 공감하게 될 것이다. 집과 사랑하는 가족을 떠나 소란스럽고 불편한 공간에서 치료받으며 자유와 사생활, 존엄성을 잃는 기분을 직접 겪어보면 의료진도 환자를 진단명이나 병상 혹은 병실 번호가 아닌 인간적인 관점으로 바라보게 될 것이다. 병원 내 대표적인 사망 원인으로 의료 과실이 있다. 의료진이 환자를 이름과 실체가 있는 인간으로 대하지 않고 병실 번호나 질병명으로만 대하다가 의도와 달리 잘못된 처치를 하는 경우가 여기에 해당된다.

캘리포니아의 어느 대학에서 상담을 전공하는 학생들에게 '몰입 체험Immersion Experience'이라는 과제를 냈다. 하루 동안 학생들은 신체적 또는 사회적 장애를 겪는 누군가의 입장이 되어야 했다. 학생들은 일일 체험을 위해 생활하기 불편한 환경을 다양하게 선택했다. 어떤 학생들은 무릎과 팔꿈치를 묵직한 패드로 감싸 움직임을 제한하고, 두꺼운 장갑과 안경을 써서 시각과 촉각을 무디게 하거나 귀를 틀어 막아 청력을 저하시켰다. 그리고 그 상태로 쇼핑 리스트에 적힌 물건을 사서 강의실로 돌아오라는 지시를 받았다. 어떤 학생들은 눈가리개를 한 채로 믿을 만한 사람의 안내를 받으며 낯선 장소로 이끌려갔는데, 길 안내자의 팔꿈치를 잡고 목소리에만 의지하면서 인파가 붐비는 길을 걸어가야 했다. 패드를 착용하고 렌즈를 끼고 귀마개를 쓴 학생들은 노인들이 겪는 어려움을 경험했다. 작은 글씨로 된 상표를 읽을 때, 지갑이나 주머니에서 동전을 꺼낼 때, 육중한 문을 열 때, 짐 가방을 들고 계단을 오를 때, 음성 안내를 들으려 할 때 어려움을 겪었다. 한편, 눈을 가린 학생들은 길을 물어볼 때 사람들이 청각장애인을 대하듯 소리를 지르거나 분명히 눈을 가렸는데도 어디로 가야 하는지 방향을 가리키는 모습을 확인했다. 또한 사람들이 정상 시력인 안내자와 함께 있는 자기를 지나쳐갈 때 안내자와 은밀한 눈짓을 주고받는다는 것도 알게 되었다. 자신들은 시각장애인이 아니라는 눈빛 교환이었다. 이로 인해 눈을 가린 학생들은 다른 사람들처럼 즐기지 못하고 고립감과 단절감을 느꼈다. 그런가 하면 종일 휠체어를 탄 학생들은 모멸감을 느꼈다. 지나치는 사람들이 동행자에게 던지는 모욕적인 말이 머리 위로 들려왔기 때문이다.

새로운 관점을 경험하고 나서 학생들은 매일 그런 도전 속에 살아가는 이들의 용기에 더 많은 연민과 인내심, 존경심을 갖게 되었다고 소감을 밝혔다. 카프카의 아름다운 감수성을 빌려 표현하자면, 학생들은 이제 자기가 타인에게 바라는 것처럼 '존중하고 성찰하며 사랑스럽게' 서로의 앞에 서게 되었다.

관점의 변화는 당면한 처지나 상황을 해결하는 데도 쓸모가 있다. 로버트 슐러Robert Schuller 목사는 어느 경영자 모임에서 성공학 강연을 할 예정이었다. 하지만 강연을 시작하기 직전에 슐러는 그해가 최악의 불황기를 겪고 있으므로 성공 관련 이야기를 하지 말라는 당부를 받았다. 그는 무척 당황했지만 강단에 오르자 한 가지 생각이 떠올랐다. '힘든 시절은 오래가지 않지만 단단한 사람은 오래간다.' 결국 그가 새로운 관점을 제시한 덕분에 자리에 모인 사업가들은 성공의 새로운 마음가짐을 갖게 되었다.

이 책을 나와 함께 쓴 신시아Cynthia는 최근에 개인적으로 가장 두려워하는 상황을 마주하게 되었으나 관점을 바꿈으로써 두려움을 헤쳐나가게 되었다. 신시아는 당시 상황을 이렇게 묘사했다.

나는 앞으로 어떤 상황이 닥칠지 전혀 예상하지 못했다. 나는 개와 함께 처음 가보는 숲을 헤치고 가파른 언덕을 오르고 있었다. 바위

언덕을 800미터쯤 올라가자 숲길이 꽤 좁아졌고, 길 한쪽은 군데군데 가파른 절벽이었다. 마침내 우리는 얼마 전에 내린 비로 흙이 씻겨 나간 구덩이 앞에 도착했다. 수십 미터 아래 구덩이에는 바위와 진흙의 흔적만 남아 있었다. 나는 하는 수 없이 개를 데리고 돌아서서 언덕길 아래로 되돌아가기 시작했다.

폭이 30센티미터로 줄어드는 좁은 길에 이르러 가파른 절벽 아래를 흘끗 내려다보았다. 그러자 느닷없이 현기증과 메스꺼움이 훅 밀려들었다. 가슴이 뛰기 시작했고 곧 숨이 가빠졌다. 발을 헛디뎌 굴러 떨어질까 봐 그 자리에 얼어붙었다. 주변에 나와 개 말고는 아무도 없었기에 누군가 우리를 구조하러 올 가능성은 거의 없었다. 온전히 내 힘으로 내려가야 했다.

나는 도움의 손길을 보내달라며 기도했고 곧바로 어떤 생각이 떠올랐다. '그래, 개미가 되자.' 나는 폭이 25센티미터밖에 안 되는 좁은 산길에 집중하며 스스로를 개미라 생각하고 주변을 살폈다. 개미의 관점으로 세상을 보니 모든 게 달라졌다. 오솔길이 갑자기 6차로 고속도로와 맞먹을 정도로 커 보였다! 나는 한 걸음씩 내딛으며 계속해서 앞으로 나아갔다. 굳었던 몸이 풀리면서 어지럼증과 울렁거림이 사라졌다. 자신감을 되찾은 나는 뿌듯하고 행복한 기분으로 개와 함께 무사히 언덕을 내려올 수 있었다.

신시아의 경험담에서 알 수 있듯이 보는 관점을 미세하게 조정하기만 해도 큰 변화를 얻을 수 있다. 비슷한 예가 또 있다. 내가 근무했던 병원에서의 일이다. 항암 치료에 사용되는 화학요법 약물에는 대표적으로 Etoposide(에토포시드), Prednisolone(프레드니솔론), Oncovin(온코빈 또는 빈크리스틴), Hydroxydaunorubicin(독소루비신)가 있는데, 당시 병원에서는 이 네 종의 첫 글자를 따서 'EPOH 프로토콜'이라는 처방을 암 환자들에게 내렸다. 그런데 어떤 의사가 'HOPE(희망) 프로토콜'이라고 글자 순서만 살짝 바꾸자 더 많은 환자가 화학요법에 긍정적인 반응을 보이기 시작했다. 만약 이 의사가 환자들을 존중하지 않았다면 그들의 관점에서 상황을 바라보고 치료에 긍정적인 메시지까지 함께 처방하지는 못했을 것이다. 이 사례는 상대방을 진심으로 존중할 때 얼마나 강력한 힘이 발휘되는지 제대로 보여준다.

어려움에 닥칠 때마다 관점을 달리해보자. 상황을 바라보는 관점을 바꾸면 새로운 기회가 열리고 더 큰 성과로 이어진다. 앞으로 누군가를 치료하거나 보살펴야 한다면 카프카의 말을 기억하라. "내 안의 슬픔을 자네가 어찌 알며, 자네의 슬픔을 내가 어찌 다 헤아리겠는가?" 하루만이라도 상대방의 입장에서 세상을 경험해보는 훈련을 하자. 그렇게 하면 진정으로 남에게 도움이 되고 사랑과 존중을 바탕으로 희망을 전파할 준비를 갖추게 된다.

"어디에서나 선Goodness을 찾고 선을 발견하면
숨김없이 대담하고 자유롭게 드러내라…….
언제 어디서나 빛나는 것들,
영원히 타락하지 않는 가치를 찾아내라.
뻔한 것은 무시하라.
그런 것은 맑은 눈과 따뜻한 마음에는
어울리지 않는다."

_윌리엄 사로얀(1908~1981)
아르메니아계 미국인 소설가 겸 극작가

때로는 머리가 아닌
가슴이 시키는 대로 따르자

보통 우리는 남에게 친절을 베풀 때 부끄러운 일이라는 듯이 감추려고 한다. 도대체 왜 그럴까! 인간이나 동물은 남의 행동을 관찰하면서 배운다. 따라서 친절한 행동을 목격한 사람은 똑같이 친절한 행동을 되풀이할 가능성이 높다. 황금시간대 뉴스를 보면 사랑과 도움을 주려고 남에게 친절을 베푼 이들의 훈훈한 소식보다 범죄와 폭력 관련 보도가 더 많다. 나는 방송사가 발상을 전환하여 좋은 소식 위주로 뉴스 시간을 채웠으면 한다.

적어도 세상에 고통을 보탤 필요는 없지 않을까. 세상에 활력을 불어넣자. 친절과 공감, 관용을 베풀 때 세상 사람들이 다 알게 하자. '선을 숨김없이 드러낼 때' 진정한 자아를 발견할 수 있으며 마음으로 느끼고 '맑은 눈'으로 보게 된다.

난처한 상황에 처하거나 누군가와 문제가 생겼을 때는 잠시 생각을 접어두어라. 마음은 '언제나' 선을 추구하니 대신 마음의 소리를 들어라. 일단 가슴 속 나침반이 가리키는 대로 방향을 잡은 다음 머리는 여행길에 도움이 되는 유익한 도구로 활용하면 된다.

우리는 가슴이 전하는 메시지를 자주 놓친다. 하루 중 대부분을 생각에 파묻혀 살아가기 때문이다. 생각은 쉽게 우리를 타락시키며 마음의 소리를 억누른다. 특히 외적인 일에 골몰하여 자신의 일을 돌보지 않으면 생각이 마음을 더욱 병들게 한다. 여기서 말하는 일은 무엇일까? 내 친구의 말을 옮기자면, 일에는 세 가지 종류가 있다고 한다. 신의 일, 남의 일 그리고 자기 일이다. 우리는 날씨를 마음대로 통제할 수 없다. 그것은 신의 일이다. 다른 사람의 행동이나 생각도 통제할 수 없다. 심지어 남이 나를 어떻게 생각하느냐의 문제도 남의 일이지 내 일이 아니다. 오로지 나의 감정과 생각, 행동이 나의 일, 즉 자기 소관이다. 따라서 자기 일에 신경을 쓰지 않으면 마음의 소리에서 점점 멀어지게 된다.

고민은 가슴속이 아니라 머릿속이 시끄럽다는 표시다. 심란하거나 못마땅할 때마다 자문해보라. '내가 지금 누구의 일을 하고 있지?' 그리고 한 박자 쉬어가라. 통제할 수 없는 일 때문에 조바심치지 말고 마음의 소리에 귀를 기울이면 올바른 결정과 행동이 뒤따르고 평정심도 되찾게 된다.

나는 윌리엄 사로얀의 희곡과 소설을 좋아한다. 사로얀은 올바른 마음과 참다운 인생의 의미를 누구보다 잘 이해했다. 그런데

'뻔한 것은 무시하라'는 구절은 무슨 뜻이었을까? 여기서 질문이 있다. 한 남자가 문간에 앉아 비를 피하고 있는데 옷은 구겨지고 꼬질꼬질한 데다 손도 지저분하다. 주머니에 술이 반쯤 남은 위스키병이 들어 있는 것이 눈에 띈다. 그냥 지나쳐 가려는데 이 남자가 밥값을 구걸한다면 여러분은 어떻게 하겠는가? 위스키병만 눈여겨보고 그를 판단한 다음 무시하고 계속 걸어갈까? 아니면 어떤 샌드위치를 좋아하는지 물어보고 하나 사다 줄까? 첫 번째가 합리적인 선택일 수 있다. 하지만 두 번째 선택은 마음에서 우러나기 때문에 빛을 발한다. 그렇다면 샌드위치를 사는 동안 점원에게 알려주어라. 길거리에서 만난 어떤 굶주린 사람에게 먹을거리를 사다 주는 중이라고 말이다. 우리의 친절한 행동으로 인해 다른 사람도 마음을 움직여 친절을 베풀 수 있도록 기회를 주자.

다음에 소개할 이야기는 친절한 행동이 말 그대로 사람들의 목숨을 구한 경우였다. 어느 늦은 밤 런던의 버스 기사가 돈이 없는 사람을 태웠다. 기사는 공짜 승객을 태우면 안 된다는 것을 당연히 알았지만 맑은 눈을 통해 그 사람의 괴로움을 보고 마음의 소리를 따랐다. 버스를 출발시키려 할 때, 기사는 동네 깡패들이 칼을 휘두르며 사고를 치려 정류장 쪽으로 다가옴을 눈치챘다. 만약 기사가 버스 회사의 규정에 따라 무일푼 승객을 외면했다면 그 사람은 분명 폭력의 희생자가 되었을 것이다. 버스 기사의 작은 친절이 한 사람의 생명을 구하고 다른 승객에게도 감동을 주었는데, 내게 이 이야기를 들려준 사람도 당시 버스에 타고 있던 승객이었다.

혐오는 타락의 한 형태다. 혐오는 두려움에서 비롯되고 두려움은 생각에 골몰할 때 생겨난다. 누군가를 혐오하는 사람은 실은 자기 자신과 자기 삶을 혐오하는 것이다. 자신을 미워하지 않으면 다른 사람을 미워하지 않게 되고 나아가 이해하게 된다. 나 자신을 사랑하면 남도 사랑하게 된다. 게다가 놀랍게도 현대 과학은 사랑의 효과를 증명하고 있다. 자기를 사랑하면 더 건강하게, 더 오래 살 수 있다. 얼마나 좋은가!

수년 전 인류학자 애슐리 몬터규Ashley Montagu에게 어떻게 하면 사랑을 더 많이 베풀며 살 수 있는지 물어보았다. 내 입장에서는 간절한 소망이었다. 그는 아주 간단히 대답했다. "사랑이 넘치는 사람처럼 행동하세요." 실질적으로 어떤 의미인지 다시 물었더니 이런 답이 돌아왔다. "껄끄러운 관계에 놓인 그 사람과 마주칠 때 그가 당신이 사랑하는 사람이라면 어떻게 행동했을지 생각한 다음 그대로 행동에 옮기면 됩니다." 나는 몬터규의 가르침을 실천했고 실제로 엄청난 도움을 받았다. 사랑하려는 마음가짐으로 행동하니 스스로도 변하고 주위 사람들도 영향을 받아 지금도 그 사랑을 실감하고 있다.

여러분도 화난 사람들을 대할 때 사랑의 전사가 되기 바란다. 나는 사랑이 강력한 무기라고 생각한다. 비난과 불평, 고함과 싸움 속에서 자란 사람들은 우리가 그들과 똑같은 행동을 되돌려주지 않을 때 혼란스러워진다. 나는 폭력적인 사람들에게 "사랑한다"고 말하면서 그들이 나와 다른 이들을 해치지 못하게 막았다. 언젠가 거칠게 행동하며 욕설을 퍼붓는 청년에게 내가 다가가서 사랑한다고 말했을 때, 우리 아이들은 혹여 내가 험한 꼴을 당하지는 않을까 무서워했다. 나는 한마디 덧붙였다. "부모님이 나처럼 당신을 대하지 않은 것은 안타까워요." 그는 내 말을 듣고 입을 다물더니 돌아서서 자리를 떠났다. 또 정신질환자가 응급실에서 고함을 지를 때도 나는 그에게 사랑한다고 말해주었다. 그러자 그 환자는 조용히 칸막이 병상으로 돌아갔다.

사로얀은 우리에게 '선을 찾아내라'고도 조언했다. 사람들의 선량함을 알아채는 데 그치지 말고 밖으로 끄집어내라는 뜻이다. 마음속에 감춰 놓은 선에 호소할 때 사람들이 보이는 반응은 깜짝 놀랄 만하다. 한번은 아내와 내가 휴대용 수하물을 들고 비행기에 타느라 애를 먹고 있었다. 기내 승무원은 우리 가방이 너무 크다고 했지만 내 생각에는 가까스로 기내용 수납 공간에 들어갈 듯했다. 나는 승무원의 선한 마음을 끄집어내려 했다. "사랑을 좀 베풀어줘요"라고 말하자마자 승무원은 머리가 아닌 가슴이 시키는 대로 따르며 짐을 싣고 타게 해주었다.

누군가가 의도적으로 해를 끼치려 할 때조차도 그 사람의 선한 마음을 찾아내라. 표도르 도스토옙스키Fyodor Dostoevsky의 '대심문관 이야기The Great Inquisitor(소설 『카라마조프가의 형제들』의 유명한 장면—옮긴이)'를 보면, 심문관은 마을에 새로 온 이방인을 감옥에 가두라고 명령한다. 마을 사람들이 그자를 그리스도의 재림이라고 믿기 때문이다. 그때까지 이방인은 대중이 보는 가운데 치유의 기적을 행한 것이다. 나이 많은 심문관은 감옥에 찾아가 이방인 죄수에게 소리를 지르고 조롱하며 당장 화형에 처하겠다고 협박한다. 이방인은 노쇠한 심문관과 싸우거나 논쟁하는 대신 조용히 이야기를 듣고 다정하게 눈을 마주 본다. 심문관은 이방인이 변명을 하거나 자기가 틀렸음을 증명해주기를 간절히 바라지만 죄수는 조금도 경계하지 않는다. 오히려 심문관에게 다가가 늙고 창백한 입술에 가만히 입을 맞춘다. 이 단순하고 애정 어린 행동이 잠들어 있던 선한 마음을 깨웠는지, 심문관은 다시 돌아오지 말라는 말과 함께 감방 문을 열어 죄수를 풀어준다.

노먼 빈센트 필Norman Vincent Peale 목사가 90세를 넘기고 세상을 떠났을 때, 어떤 조문객은 고인이 그를 비판했던 사람들보다 더 오래 살았다고 말했다. 그러자 다른 사람이 받아쳤다. "아니, 고인은 그들보다 더 오래 사랑했던 거죠." 만약 여러분을 비난하는 사람들을 약 올리고 싶다면 머리로 꾀를 부리지 말고 가슴으로 사랑을 베풀어라. 생각에 젖어 살면 끊임없이 다투고 저울질하며 비교하게 된다는 사실을 명심하라. 앞으로 곤경에 처한 사람이나 위협적인 상황을 마주하게 된다면 사로얀의 조언을 따라라. 쑥스러워하지 말고 선한 마음을 드러내라. 오직 빛나는 가치를 찾아 마음이 이끄는 대로 살면 마법이 일어날 것이다.

마음의 행로 OUT OF MY MIND

내 마음은 흔히 엉뚱한 데 있어

달리 머물 곳도

마음 둘 곳도

갈 곳도

있을 곳도 없네

가끔 생각 속을 헤매다

빠져나오려 애써도

마음은 엉뚱한 데 있어

가슴 속을 들여다보면

나는 느낄 수 있어

마음의 길로 갈 수 있어

올바른 내 마음을 찾는 일

No Endings Only Beginnings

제4장

◆

삶은 언제나
배움의 연속임을 기억하자

"매사에 신의 뜻을 깨달을지어다

신은 만물에 깃드나니

모든 생명이 신으로 충만하고

모든 생명이 신에 관한 책이며

모든 생명이 신의 말씀이라"

_마이스터 에크하르트 Meister Eckhart(1260?~1327?)

중세 독일의 신학자, 신비주의 사상가

마이스터 에크하르트는 우리가 진정한 의미에서 신을 알아 가는 신적 존재라고 말하고 있다. 인간은 태어나는 날부터 죽는 날까지 배우는 학생이며 공부하는 과목은 오로지 신이다. 삶은 우주 삼라만상과 창조주에 대한 이해를 넓히는 과정인데, 이는 우리가 살아 숨 쉬는 매 순간 신과 함께 우주를 창조하는 존재이기 때문이다.

고등학교나 대학교를 졸업할 무렵에는 인생 자체가 진짜 배움의 장임을 깨닫지 못한다. 교과서 내용을 모두 익히고 시험에 합격하였으며 학위를 받았으니 앞날이 순탄하게 흘러가리라 생각한다. 하지만 인생은 그리 만만치 않다. 삶은 우리 앞에 예상치 못한 상황을 느닷없이 던져놓는다. 더구나 한 번에 하나씩도 아니다. 옛날 일기장에서 찾아낸 문장에 나는 웃음이 났다. "설상가상으로 고양이는 발정기에 돌입했다." 모든 것이 뒤죽박죽으로 엉망이어서 더는 나빠질 것도 없다고 생각했던 순간, 기르는 고양이까지 발정이 나서 온 집안을 휘젓고 다니며 소란을 피워 모두를 미치게 했을 때 쓴 문장이다. 그러니 내 말을 믿어라. 살면서 배울 만큼 배우고 웬만한 인생 숙제는 다 해결했다는 생각이 들더라도 언제나 더 배울 것이 있으며 뜻밖의 일이 생기기 마련이다.

마이스터 에크하르트가 당부한 것처럼 '깨달음을 얻어라.' 깨달음은 물론이고 신의 가르침은 매사에 숨어 있으니! 학생이 배울 준비가 되면 스승이 나타난다는 말이 있는데 여기에 나도 한마디 보태고 싶다. 스승은 뜻밖의 순간에 적절한 가면을 쓰고 나타난다. 때로는 길에서 마주치는 낯선 사람이 스승이 될 수도 있다. 몇 년 전, 아내 바비와 나는 회의에 조금 늦어 샌프란시스코 거리를 바삐 걸어가는 중이었다. 노숙인 한 명이 건물 계단에 서서 행인들에게 잔돈푼을 구걸하고 있었다. 우리는 서두르는 중이라 계속 가던 길을 가야 했다. 나는 지갑을 꺼내지 못하는 것이 마음에 걸려 그 노숙인 앞을 지나칠 때 이렇게 말했다. "미안해요, 우리가 좀 늦어서 시간이 없네요." 그녀는 뭐라고 중얼거렸는데 느낌상 한 푼도 주지 않는 나를 욕하는 듯했고 도로 가서 따지듯 물었다. "뭐라 그랬죠?" 그러자 그녀가 아주 순순히 답했다. "미안해 하실 필요 없다고요." 그 순간 노숙인이 나의 신이고 '너의 죄를 사하노라' 하며 용서를 베풀기라도 한 듯 무거웠던 마음이 가벼워졌다. 얼마나 상냥하고 겸손한 태도였는지 모른다. 나는 또 한 번 깨달음을 얻었고 지금은 항상 그때의 선물을 나누려고 시간을 낸다.

스승과 예언자들은 언제 어디서 어떤 경험을 하든지 우리 곁에 존재한다. 그들은 다양한 문화권과 국가 출신이라 인종과 체격도 제각각이지만 우리 앞에 나타날 때는 모두 진정한 신의 모습을 반영한다. 에크하르트의 표현대로 하면 스승과 예언자들은

'신학서'와 다름없다. 그들의 목소리를 들을 때 우리는 신을 배울 수 있으며, 신은 우리가 준비되었을 때만 그들의 입을 통해 말한다. 하루를 보내면서 보고 듣는 데 여유를 가져야 하는 이유가 바로 여기에 있다. 이제부터 중요한 사실을 배울 때, 가령 성장에 도움이 되는 어떤 진리나 지혜를 깨달으면 그것을 제2의 바이블에 기록하자. 인생에는 공부하고 실험하고 참여하며 성장의 발판으로 삼을 만한 귀중한 순간이 수도 없이 많다. 우리가 인생을 배우는 학생이자 신의 창조물, 신의 말씀이라는 사실을 항상 염두에 두자. 주변과 내 안에 존재하는 것은 모두 영혼의 배움터이다.

"들짐승에게 물어보라, 그들이 네게 가르치리라.
하늘의 새에게 물어보라, 그들이 또한 일러주리라.
땅에 고하라, 네게 가르치리라.
바다의 물고기도 네게 일러주리라."

_욥기 12장 7~8절

자연에 의지하고 위로를 받는 삶

기독교에서 말하는 예수가 마음에 들지 않는다면 대자연을 스승으로 삼자. 자연을 관찰하며 얼마나 많은 것을 배울 수 있는지, 자연이 어떻게 역경을 이겨내는지 나는 오래전에 깨달았다. 대자연은 치료비도 청구하지 않는다. 자연은 인간을 먹여 살리고 인간에게 말을 걸어온다. 자연의 순환과 리듬은 빛과 움직임, 소리의 형태로 나타난다. 철썩이는 파도, 굴러떨어지는 돌, 식물과 수목이 뿜어내는 수액 등 자연의 모든 것이 몸속 리듬과 닮은꼴이다. 심지어 주기적인 화산 활동 끝에 지진이 발생하는 것도 우리의 본성과 닮아 있어 제대로 마음에 와닿지 않는가.

나는 아침에 걷기나 달리기를 즐겨 한다. 운동은 나의 몸과 마음에 많은 영향을 준다. 아침 운동을 통해 홀로 자연을 느끼고 조용히 생각을 정리하면서 그날 하루의 리듬을 조율한다. 운동을 시작한 지는 제법 오래되었는데, 언젠가부터 달리는 동안 다양한 목소리가 말을 걸어옴을 알게 되었다. 그동안 나는 몇 번이고 동물, 나무, 바위, 날씨가 내는 소리를 감지할 수 있었다. 마치 빗물이 땅에 스며들어 꽃을 피우듯 자연의 소리는 내 안에 스며들어 새로운 감각에 눈뜨게 한다. 대자연은 매 순간 나의 의식을 새롭게 일깨워준다.

때로는 내가 돌보는 환자나 관여하는 암 환자 지원 모임의 회원 중에 위독한 이가 작별 인사를 건네는 목소리를 듣기도 했다. 그럴 때마다 누구 목소리인지 이름까지 특정할 수는 없었으나 "이제 나는 떠납니다. 잘 있어요"라며 누군가 이별을 고한다는 느낌을 막연히 받기도 했다. 그런 날 집에 돌아와서 병원에 전화를 걸어보면 달리면서 듣거나 느낀 것이 현실로 확인되고는 했다. 나는 아내에게도 부고를 전했다. 아내는 나와 함께했던 환자들을 대부분 기억했기 때문이다.

하루는 평소처럼 달리는데 장모님의 영혼이 나타나 내게 작별을 고했다. 나는 장모님이 돌아가셨구나 싶어서 곧장 요양병원으로 달려갔다. 병실에 들어서자 간호사가 아는 척을 했다. "아, 소식을 들으셨군요."

나는 말했다. "아뇨, 그냥 알았어요." 자연에서 체험한 느낌과 음성 덕분에 삶이 절대 죽음으로 끝나지 않음을 알게 되었고, 사랑과 영혼의 의식만이 유일한 본질이라는 가르침을 더욱 확신하게 되었다.

자연의 질서는 완벽을 추구하지 않는다. 자연의 질서는 균형과 조화라서 따뜻한 햇살과 바람뿐만 아니라 거친 폭풍우와 어둠도 한데 어우러진다. 나는 철조망 울타리를 감싸고 자란 나무를 보고 힘들고 짜증이 나는 일이 생겨도 받아들이는 법을 배웠다. 끝이 없고 오직 시작뿐인 대자연의 순환 속에서 죽은 생명이 다시 흙으로 돌아가 산 생명을 먹이고 기름을 확인했다. 무심코 눈길을 걷다가도 많이 배웠다. 앞사람의 발자국 덕분에 뒤따르는 사람은 수고로움을 덜고 쉽게 발을 딛게 된다. 하지만 남들의 발자국만 계속 따라가면 군데군데 발자국이 얼어붙어 디디기 힘들고 오히려 넘어질 위험도 있다. 이때는 새로운 방향을 잡아 나만의 길을 개척하고 새 발자국을 남겨야 한다.

자연의 비유에서도 배울 점이 있다. 새로운 일을 시작할 때 사소해 보이지만 신념이나 신앙을 비료처럼 더해주면 하는 일이 꾸준히 성장해서 아름다운 결실을 맺게 된다. 씨앗이 자라듯 사람도 자란다.

내가 암 환자들과 함께 하는 일도 바람직한 사례로 볼 수 있다. 오래전에 나는 '특별한 암 환자들Exceptional Cancer Patients(ECaP)'이라는 암 환자 지원 모임을 시작했다. 모임을 처음 시작하게 된 계기는 환자의 그림과 꿈, 심상과 감정 등을 활용해 개별 치료와 집단 치료를 구체적으로 해보자는 소박한 생각에서 비롯되었다. 치료법은 '돌봄 대면Care-Frontation' 상담 기법을 기초로 했는데, 돌봄 대면이란 개인의 생활 방식을 변화시키고 주도권을 부여하여 삶을 치유하도록 돕는 안전하고 온정적인 접근법을 말한다. 소박한 생각의 씨앗을 심었더니 결과적으로 책과 비디오, 팟캐스트라는 열매가 주렁주렁 맺혔다. 특별한 암 환자들 모임은 수면에 잔물결이 퍼져나가듯 전 세계로 번져 희망의 씨앗을 뿌렸고, 수백만 명의 암 환자가 인생을 치유하고 건강을 회복하게 되었다.

브라이스 코트니Bryce Courtenay는 자전적 소설 『파워 오브 원 The Power of One』(한국어판 제목은 『나를 찾아서』―옮긴이)에서 고난의 해답을 찾기 위해 자연으로 가게 된 어느 불우한 소년의 이야기를 다룬다. 소년은 우연히 발견한 폭포 앞에 멈춰서 물줄기를 유심히 관찰하다가 폭포도 물 한 방울에서 시작되었음을 깨닫는다. 소년이 현실을 바꾸려면 결국 단 한 번의 긍정적 행동이 필요할 뿐이다. 소년은 폭포를 보면서 수많은 물방울이 지닌 힘도 깨닫게 되는데, 그것은 여러 사람이 힘을 한데 뭉칠 때와 마찬가지로 '하나 된 힘'이다. 자연은 소년이 역경을 무릅쓰고 앞으로 나아가도록 의지를 불어넣었다.

자연이 주는 또 하나의 교훈은 우리 지역 토착종 식물에서도 확인할 수 있다. 몇 년 전에 내가 달리던 거리에서 도로포장 공사를 새로 했다. 그런데 공사가 끝난 뒤 며칠 만에 새로 포장한 길에 금이 가더니 얼마 지나지 않아 스컹크 양배추Skunk Cabbage(응달

에서 자라는 앉은부채의 일종으로 독특한 악취가 있으며 식용 또는 약용으로 쓴다―옮긴

이) 싹이 비집고 올라왔다. 보드라운 새순이 해를 보기 위해 무겁

고 딱딱한 포장도로 표면을 뚫고 나오다니 참으로 놀라운 일이었

다. 식물의 끈질긴 생명력은 내게 믿음의 은유로 다가왔다. 스컹

크 양배추는 통계를 근거로 생존 가능성을 따지지 않았다. 온기도

햇살도 없는 상태에서 무겁게 내리누르는 아스팔트를 계속 밀어

올렸을 뿐이다. 나는 기특한 새순을 휴대전화로 찍어 집에 돌아가

아내에게 보여주었다. 아내의 반응은 시큰둥했다. "여보, 이건 그

냥 스컹크 양배추잖아."

"그렇지, 특별할 것 없는 스컹크 양배추지. 하지만 이건 기적

이야." 나는 말했다.

강연에서 종종 그날 찍은 스컹크 양배추 사진을 청중에게

보여주기도 했다. 어느 날 강연 후에 누군가 내게 쪽지를 건네주

었는데, 작자 미상의 시가 적혀 있었다. 그 시의 마지막 부분을 여

기에 옮겨 소개한다.

스컹크 양배추는 행복하게 흙바닥을 뒹군다.

악취 풍기며 돌아다니는 뻔뻔한 녀석

조물주가 만들어낸 광합성 식물 중에 제일 독특한 녀석

초록 주머니에 초록 손을 찔러 넣고

어슬렁거리며 햇볕을 쬐고 흙을 곱씹는다.

한참을 그렇게 보내다가 하는 말이 걸작

'내가 싫든 좋든, 나를 축복하든 저주하든 상관없어.

나는 신이나 다름없지. 나는 바로 나니까!'

오리건 주에서 교사로 일하던 여성이 기억난다. 그녀는 바쁘게 사느라 자기 집 정원도 자기 인생도 돌보지 않았다. 어느 날 그녀는 정원의 아티초크Artichoke(국화과의 여러해살이풀로 식용 및 약용으로 쓴다―옮긴이)가 시들어버린 것을 보고 낙담한 나머지 뽑아서 쓰레기통에 버렸다. 얼마 후 다시 쓰레기통 뚜껑을 열었을 때 그녀는 아티초크가 그 안에서 자라고 있음을 발견했다. 죄책감을 느낀 그녀는 쓰레기통에서 식물을 조심조심 캐낸 다음 화초를 잘 키우는 동료 미술 교사에게 맡겼다. 그 일이 있은 직후 그녀는 자신이 암에 걸렸음을 알게 되었다. 그때부터 그녀는 자신의 삶과 죽음을 제대로 대면하고 암에 맞서기 시작했다.

그녀가 입원해 있는 동안 남편이 아티초크를 병실에 가져다 놓았다. 아티초크는 동료 미술 교사가 직접 색칠한 화분에서 잘 자랐고 꽃이 만발했다. 동료 교사는 아티초크가 아름다운 보라색 꽃망울을 터뜨릴 때부터 그 화분을 정물화 수업에 사용했다. 쓰레기통에 버려진 상태에서도 아티초크는 '과연 내가 꽃을 피울 까

닭이 있을까' 혹은 '꽃을 피운다 한들 누가 나를 봐주려나' 하고 의심하지 않았다. 아티초크는 원래 생긴 모습대로, 즉 '나는 바로 나'라는 태도를 계속 유지했다. 아티초크를 보면서 교사는 자기 본모습을 되찾았고 그 소중한 가르침 덕분에 암을 이기고 건강하게 오래 살았다.

여러분도 각자의 고민거리와 질문을 자연에 내던지고 눈에 들어오는 풍경을 유심히 살펴보기 바란다. 흔하디흔한 아티초크와 스컹크 양배추를 보면서 생명의 기적을 실감하고 인생의 교훈을 얻어라. 숲속을 걸어보라. 강둑을 따라 걷거나 사막을 건너 가보라. 성경의 가르침을 따라도 좋다. 바다의 소리를 듣고 물고기가 전하는 말에 귀를 기울여보자. 하늘의 새를 전령이라 생각하고 영감을 얻어라. 자연에 의지하고 위로를 받아라. 신은 바로 가까운 자연에 깃들어 있다.

"(동물의 눈동자에는) 삶의 진리가 담겨 있다.
생명이 느끼는 고통과 쾌락의 총량,
기쁨이나 고통을 견디는 한계치는 일정하다.
⋯⋯

신은 동물을 만들 때
자연 법칙에 따라 살아가는 데 꼭 필요한 만큼만
욕구와 충동을 부여했다. 신이 사람을 만들 때도
똑같이 했으리라 짐작할 수 있다.
어떤 면에서 동물은 사람보다 신성한 존재다.
우리가 감히 상상할 수 없을 만큼
충실하게 신의 뜻을 이루기 때문이다."

_카를 구스타프 융

동물에게서 삶의 교훈을 배우자

나도 융의 견해에 동의한다. 사람보다 동물이 자기 영혼을 더 잘 안다고 생각하기 때문이다. 한번 따져보자. 성경에서 신은 동물이 아니라 사람인 아담에게 명령을 내렸다. 게다가 성경에는 신이 온갖 동물을 창조하고 그들을 선한 존재로 여겼다는 기록이 있지만, 사람에 대해서는 그런 언급이 없다. 동물은 우리처럼 골머리를 앓지 않으며 감정을 걸러내거나 참모습을 감추지도 않는다. 인간이 누리는 선택의 자유가 동물에게는 없기 때문에 동물은 자연의 법칙에 따라 살아간다. 하지만 인간은 신과 자연의 법칙을 따르지 않는다. 자유로운 인간은 신에 버금가는 잠재력을 가지고 의미 있는 인생을 살기 위해 도전하지만, 동물은 아무것도 판단하지 않고 자연의 본성을 그대로 드러내며 사랑을 전한다.

나는 의학 잡지에서 100년 전에 발표된 논문을 우연히 접했다. 사람과 짐승 중에 어느 쪽이 더 현명한지 연구한 내용이었다. 논문을 쓴 의사는 사람이 선택하는 음식, 술과 담배, 기타 습관 등을 다양하게 열거하고 동물의 행동과 비교했다. 그리고 짐승이 사람보다 현명하다는 분명한 결론을 내렸다. 그것이 이른바 '상식 Horse Sense(직역하면 '말의 분별력'이라는 뜻이므로 중의적으로 사용됨—옮긴이)'이다.

하루는 달리기를 하는데 대형견 비슷한 짐승 두 마리가 눈에 띄었다. 가까이 달려가 보니 어미 사슴과 새끼 사슴이었다. 어미 사슴은 나를 발견하자마자 숲속으로 펄쩍 뛰어갔지만, 새끼 사슴은 내가 무척 신기한 모양이었다. 나는 아름다운 생명체의 두려움 없는 눈동자에서 우주를 보았다. 새끼 사슴도 나만큼이나 호기심 어린 눈빛으로 나를 유심히 바라보았다. 집에 돌아가서 식구들에게 이 기적 같은 순간의 감동을 전했다. 사슴과 내가 고작 1미터 거리에서 서로의 눈을 깊이 들여다본 순간이었다. 새끼 사슴도 나처럼 어미에게 돌아가서 말하는 모습을 상상했다. "엄마, 나 방금 두 발로 뛰는 신기한 생명체를 봤어요." 그날 이후로 새끼 사슴은 우리 모두를 하나로 이어주며 본연의 모습이 얼마나 큰 선물인지 깨닫게 해주는 상징이 되었다.

이 책의 공저자인 신시아는 매주 토요일 새벽마다 야생 조류 보호구역에 가서 구조된 아기 새들을 돌보는 봉사를 해왔다. 신시아는 당시의 경험을 이렇게 썼다.

자원봉사 첫날, 나는 몇 시간 전에 부화한 아기 새부터 날갯짓을 겨우 시작한 어린 새까지, 구조된 새들을 보호하는 조류 보호실로 안내되었다. 새들은 인큐베이터 아니면 그물망으로 덮어놓은 빨래 바구니 안에 있었는데, 누군가 깜빡하고 그물망을 열어둔 모양인지 우리가 둘러보는 동안 새 한 마리가 바구니를 탈출했다. 어린 새는 방 안을 어설프게 날아다니기 시작했고, 부딪쳐 다치거나 누가 문을 열기라도 하면 밖으로 도망갈 위험이 있었다. 나는 손을 뻗어 머리 위로 날아가는 새를 잡았다! 정말 놀라운 기분이었다. 새가 손안에 들어오자 파닥거리는 야생의 심장박동이 손바닥에 느껴졌다. 어린 새는 온기가 도는 발톱을 오그려 내 넷째 손가락을 야무지게 움켜잡았다. 나는 그 순간 매료되고 말았다. 그리고 2년 동안 매주 토요일마다 새들과 함께했다.

알 품기가 한창인 어느 날 아침, 나는 굶주린 새 80마리가 아우성치는 보호실로 들어섰다. 모두 첫 끼니를 달라고 난리였다. 나는 최대한 빨리 돌아다니며 모이통을 채웠다. 인큐베이터에 있는 아기 새들은 20분마다 모이를 공급해주지 않으면 죽을 수도 있기에 거기부터 시작했다. 다음으로 조금 더 자란 새들에게 모이를 주려고 첫 번째 빨래 바구니에 꽂힌 카드를 읽었다. 방울새 두 마리라고 기록되어 있었는데 바구니에는 한 마리밖에 보이지 않아 무슨 착오가 있나 보다 했다.

나는 먼저 주사기에 물을 담아 방울새의 목구멍에 조금 넣어주고 나서 단백질 사료 으깬 것을 먹이고 이어서 먹음직스러운 벌레 세 마리도 주었다. 벌레를 네 마리째 주었을 때 방울새는 삼키지 않고 가만히 있었다. 그러더니 고개를 갸웃거리며 계속 내 눈을 들여다보았는데 분명히 내게 무언가 알리려는 것 같았다. 하지만 다른 새들도 목 빠지게 기다리고 있었기에 방울새를 일단 바구니에 도로 넣었다. 바로 그때, 방울새가 벌레를 떨어뜨렸고 떨어진 벌레를 집어서 다시 먹이려 했다. 이번에도 방울새는 꿈틀거리는 벌레를 부리에 문 채 고개를 갸우뚱하더니 무슨 말을 하려는 듯이 나를 빤히 쳐다보았다. 그러다 바구니 한쪽 구석에 그물망이 엉켜 있는 곳으로 쫑쫑 뛰어갔다. 불쑥 그물망에서 작은 새의 머리가 튀어나왔고, 나의 귀여운 방울새는 그 새에게 벌레를 먹이기 시작했다! 몸집이 더 작은 방울새는 발톱이 그물망에 걸리는 바람에 아예 보이지 않았던 것이다. 내가 다른 새들을 먹이느라 한 바퀴 돌고 나서 발견했다면, 아마 이 새는 한 시간 넘게 더 굶주려야 했을지도 모른다.

나는 이 작고 연약한 생명체에 경외심마저 들었다. 방울새는 내가 소임을 다할 것이라 믿어주었고, 내게 소홀함이 있을 때는 스스로 책임을 떠맡고 나섰다. 그냥 지나치지 말라고 다그치는 듯한 그 눈빛에는 다른 새를 살리려는 '생명의 선물'이 고스란히 담겨 있었다. 야생에서 어미를 잃은 어린 방울새 한 마리도 자기보다 약한 동생을 그렇게 보살피는데, 어떻게 사람이 곤경에 빠진 다른 사람을 보고도 못 본 척할 수가 있을까?

신시아는 천진난만한 야생의 새가 온몸으로 표현하고 가르

쳐준 덕분에 신의 본성을 깨달았다. 하지만 신시아의 이야기는 동물이 같은 종끼리는 물론이고 다른 종의 생명체에게도 사랑을 보여주는 수많은 사례 중 하나일 뿐이다. 내 아내 바비는 하와이에 함께 갔을 때 자기가 구해준 나비 이야기를 종종 했다. 아무리 쫓아버리려 해도 그 나비는 바비의 어깨 위에 앉아 떠날 줄을 몰랐다. 나는 문득 하와이에서 말년을 보내다 숨을 거둔 소중한 친구의 영혼이 나비의 몸을 빌렸음을 깨달았다. 나비는 밤새도록 우리 부부 곁에 머물렀다. 이튿날 아침 우리는 나비를 종이봉투에 넣고 내가 진행하는 야외 워크숍에 가져가 부활의 상징으로 날려 보내기로 했다. 그날도 나비는 온종일 팔랑거리며 우리 주위를 맴돌다가 워크숍이 끝나고 나서야 멀리 날아갔다. 융의 말 그대로, 그 작은 생명체는 경건하게 신의 뜻을 이루었다. 신의 가르침을 증명한 것이다. 애벌레가 자기를 품었던 고치를 깨고 나와야 아름다운 나비로 탈바꿈하듯이, 인간도 죽음을 맞아 육체에서 의식이 빠져나갈 때 자유롭고 완벽한 모습으로 변화한다.

많은 사람들이 자기 자신보다 자기가 기르는 동물을 더 사랑한다. 여러분에게 간단한 부탁이 하나 있다. 부디 기르는 동물을 사랑하는 만큼만 스스로를 잘 보살펴라. 사람들은 보통 애정 어린 훈육과 약간의 벌, 몇 가지 규칙만으로 동물을 기른다. 학교 성적이나 종교관 때문에 편견에 시달리는 동물은 세상에 없다. 사람을 대할 때도 이와 같이 한다면 세상 문제는 대부분 해결될 것이다. 연구 결과를 보더라도 같은 질병에 걸린 사람들 중에 반려동물을 기르는 사람이 없는 사람보다 높은 생존율을 보였다. 나는 환자의 병세가 심각해서 동물을 돌볼 수 없더라도 그의 가족이 환자의 반려동물을 없애지 못하게 한다. 반려동물이 사라지면 환자의 회복 의지가 꺾인다. 진심으로 사랑하는 사람이 낫기를 바란다면 그 사람 집을 청소하고 반려동물을 챙겨야 한다.

여러분은 살면서 동물로부터 무엇을 배웠는가? 동물이 없다면 한 마리 길러보라. 어떻게 처신해야 할지 의구심이 들 때마다 집 안에서 동물이 어떻게 살아가는지 관찰해보라. 융의 말대로 신의 눈으로 보면 동물이 인간보다 완벽하다. 동물은 우리가 상상하지 못한 방식으로 신의 뜻을 실현한다. 털가죽과 깃털, 비늘을 몸에 두른 경건한 신앙 고백자를 스승으로 삼자. 그들을 통해 우리 영혼에 지혜와 사랑, 웃음과 기쁨을 넘치도록 채우자.

"등 뒤에서 네 귀에 음성이 들려오리라.
'여기가 바른길이니, 이리로 가라.'"

_이사야서 30장 21절

내면의 소리에 귀 기울이는 연습을 하자

일찍부터 나는 내면의 소리를 들었고 그 음성이 내게 전해주는 이야기는 믿을 수 없는 선물이었다. 내게 끊임없이 말을 걸며 뜻깊은 장소나 경험으로 인도하는 목소리가 있다. 그 음성은 강연에서 무슨 이야기를 할지 알려주기도 한다. 아내는 항상 말했다. "그 목소리가 어디서 오는지는 하나님만 아시겠지."(God-knows-where, '아무도 모른다'를 저자가 중의적으로 표현한 것─옮긴이)

과연 이 목소리는 어디서 오는 것일까? 그것은 무Nothingness(無)에서 온다. 아무것도 존재하지 않고 형용하거나 구분할 수도 없는 추상적인 상태에서 우주를 탄생시킨 잠재력에서 비롯된다. 처음 우주가 탄생할 때 에너지와 물질이 있었다. 그러다 정보 및 정보를 전달하는 메신저 분자Messenger Molecule(DNA의 유전자 정보를 전달하는 mRNA가 대표적─옮긴이)가 생성되면서 지능이 등장했다. 그리고 세포 조직이 형성되면서 신경이 발달했다. 생물이든 무기물이든 기체든 상관없이, 우주에 존재하는 모든 물질은 이처럼 메신저 분자에 반응한다. 따라서 에너지, 물질, 생각, 정보는 모두 하나의 시스

템, 하나의 의식, 하나의 우주를 구성하는 요소다.

신의 음성을 처음 들으면 자기가 미쳤거나 누군가 장난을 치는 게 아닐까 하고 생각할 수 있다. 하지만 신의 목소리는 진짜다. 이사야는, 수백 년에 걸쳐 여러 예언자들과 심령술사들이 그랬듯이, 신의 음성이 실재한다고 인정했다. 우리가 목소리의 주인공이 창조주라고 믿든, 천사나 친절한 영혼이라고 믿든, 아니면 자신의 직감이라고 믿든, 그것은 중요하지 않다. 내면의 목소리를 찾아서 귀를 기울여보는 것이 중요하다. 겁먹을 필요는 없다. 들려오는 음성이 사랑의 메시지라면 믿어도 좋다. 하지만 음성에서 진실과 사랑의 메시지가 느껴지지 않는다면 경계해야 한다. 특히 자신이나 타인을 미워하거나 해치라는 목소리가 들린다면 그것은 정신적으로 위험하다는 신호다. 혹시라도 그런 일이 생기면 의사와 상의해서 최대한 빨리 도움을 받아야 한다.

신에게 말을 걸고 호소하며 기도하는 사람들이 많지만, 막상 신이 응답하면 현실로 받아들이지 않고 오히려 애타게 찾던 그 대답을 회피한다. 또 어떤 사람들은 의심이 지나쳐서 신의 음성을 듣지 못하고 스스로 회의론자가 된 이유만 재확인할 뿐이다. 얼마 전에 나는 북극에서 길을 잃었던 어느 회의론자의 이야기를 읽었다. 그 남자는 나중에 친구들에게 말했다. "살려달라고 기도했지만 신은 전혀 응답하지 않았어. 신이 나를 구해주지 않았다고." 들고 있던 친구가 말했다. "그래도 이것 봐! 덕분에 넌 무사하잖아." 남자가 말했다. "그렇지 않아. 어떤 에스키모인이 나타난 덕분이지, 길을 알려준 것은 '그 사람'이니까." 에스키모인이 나타난 것은 우연이 아니었다. 신은 회의론자가 신의 목소리를 듣지도 믿지도 않으려는 것을 알았기 때문에 그 대신 내면의 소리를 듣고 느낀 대로 믿는 것이 몸에 밴 사람과 소통했다. 그래서 에스키모인은 신의 목소리를 따라서 결국 길 잃은 남자를 찾은 것이다. 지구상의 여러 원주민 부족들은 위대한 영혼이 항상 우리를 바른길로 이끈다는 사실을 이해한다.

신은 사람을 도구로 삼기도 한다. 죽음을 앞둔 아이가 내게 물은 적이 있다. "왜 나는 달라요?" 질문을 이해할 새도 없이 내 입에서는 대답이 흘러나왔다. "그래서 네가 아름다우니까." 그것은 내가 하는 말이 아니었다. 내가 전혀 생각지 못한 대답이었다. 나는 천사가 나와 내 몸을 빌려 대신 말한다는 생각이 들었다. 처음에는 내 말에 아이가 화를 낼까 봐 걱정스러웠다. 그런데 오히려 아이의 얼굴에는 고운 미소가 떠올랐다. 아이는 자기가 남들과 달라서 무척 특별하고 귀중한 존재임을 알고 있었다. 아이는 세상에 머무는 동안 아름다운 발자취를 많이 남겼으며 세상을 떠난 뒤에도 유전질환을 앓는 사람들에게 큰 도움을 주었다. 그 소년의 이름은 토니 펜턴Tony Fenton으로 지금도 낭포성 섬유증 치료를 위한 다양한 모금 활동에서 명예롭게 기억되고 있다(토니 펜턴은 아일랜드의 유명한 방송 진행자 겸 DJ로 2015년에 암으로 세상을 떠났다. 이후 설립된 토니 펜턴 재단은 암 환자들을 위한 활동을 해오고 있다—옮긴이).

신의 목소리가 들리지 않는다고 해서 무슨 문제가 있거나 역량이 부족한 것은 아니다. 우리를 벌주기 위해서 하늘이 침묵하는 것도 아니다. 머릿속이 시끄러워서 좀처럼 들을 수 없을 뿐이다. 보통은 고요하고 차분해야 잘 들리지만, 주변에서 아이들 여럿이 소란을 피울 때나 직장에서 사람들에게 시달릴 때도 그들의 목소리에 귀 기울여보자. 가슴으로 느끼지 못하고 머리로만 생각하고 있을 때, 어쩌면 그들이 신을 대변해서 마음에 집중하도록 돕고 있을지도 모른다. 신의 목소리뿐만 아니라 신의 대변인이 전하는 말도 열린 마음으로 들어보자. 대변인의 도움에도 늘 감사하자.

때로는 나도 병원, 집, 도로 등 가는 곳마다 주변의 떠들썩한 소음과 무질서에 화가 치민다. 어느 날은 자리에 앉아 일상을 탈출해 해변을 거니는 상상을 하며 시를 쓰기 시작했다. 시가 완성될 즈음에는 글 쓰는 행위를 통해 신이 내게 말하고 있음을 깨달았다.

침묵SILENCE

팩스, 전화, 이메일, 일상

여긴 누구 집일까

다들 내게 뭘 바라나

고요함은 어디에 있나

침묵 속에 있던 그날이 생각나

모래언덕과 바다에 둘러싸인 채

아, 침묵은 얼마나 아름답고 벅찬가

침묵의 바다가 팩스, 전화, 이메일을 삼켜버리네

침묵은 커다란 외침

들을 수도 들을 것도 없어

'내면'의 침묵이 필요해

'외면'의 고요함으로

되돌아갈 때까지

그래야 모두 들을 수 있을 테니

신은 모두에게 말을 건넨다. 그러니 신의 목소리를 듣기 위해 특정한 종교에 의지할 필요도, 특별한 재능이나 신통력도 필요 없다. 그저 자기 생각과 감정을 표현하고, 부족한 것은 신에게 청하면 된다. 우리가 문을 두드리면 신은 응답한다. 보통은 우리의 요청이 신에게 전달되었음을 확인해주는 어떤 신호를 받게 될 것이다. 기억하라. 신과의 대화는 전혀 이상한 일이 아니다. 어쩌면 신은 다음번에 여러분의 목소리를 기다릴 것이다. 두려워하지 말고 신의 주의를 끌어라. 이야기를 하거나 노래를 부르고, 익살을 떨어도 되며 창작물이나 기도로 표현해도 된다. 신도 우주만물을 완성하려면 우리가 필요하다.

언제인가 한 신사를 만난 적이 있었는데, 그는 개인 전용기를 타고 가다 엔진 이상으로 위기를 맞았던 이야기를 내게 들려주었다. 그때 비행기는 추락할 것이 뻔했고 신사는 살아남지 못하리라 생각했다. 그리고 기체가 곤두박질치는 와중에 그의 눈앞에는 지난 세월이 주마등처럼 스쳐갔다. 그때 어떤 목소리가 들려왔다. "괜찮을 거야." 목소리는 계속해서 그의 귓가를 맴돌며 위로의 말을 건넸다. 결국 비행기는 추락하고 말았다. 그는 얼굴을 다쳐 한쪽 눈을 잃었지만, 나머지는 멀쩡했다.

비슷한 이야기는 수도 없이 많다. 내가 신앙생활 잡지 〈가이드 포스트Guideposts〉에서 우연히 발견한 기사에는 비행기를 몰고 가던 한 남자와 친구의 경험담이 소개되어 있었다. 밤은 칠흑같이 어두웠고 비행기 엔진에 이상이 생겼지만 이륙했던 공항으로 회항할 수도 없는 상황이었다. 그때 남자에게 계속 직진한 다음 착륙하라는 목소리가 들려왔다. 그는 목소리가 일러준 대로 했고, 결국 철조망도 위험물도 없는 너른 벌판에 안전하게 착륙했다.

또 우체국에서 만난 사람이 방금 경험했던 일을 내게 말해준 적도 있었다. 그는 자동차 운전석에 앉아 자기가 믿는 신을 원망하면서 자신이 얼마나 힘든지 아느냐고 악을 썼다. 그가 쌓인 울분을 터트리며 고통과 절망을 모두 쏟아냈을 때, 차량 선바이저에서 카드 한 장이 운전석 옆자리로 뚝 떨어졌다. 그 카드가 어디서 났는지, 언제부터 거기 있었는지는 전혀 알 수 없었다. 그는 내게 카드를 보여주었다. 앞면에는 그에게 평화와 위안을 가져다주었다는 종교적 상징이, 뒷면에는 경전의 한 구절이 인쇄되어 있었다. "두려워 말라. 내가 너와 함께하리라. 내가 너의 하나님이니, 놀라지 말라. 내가 너를 굳세게 하고 도우리라. (이사야서 41장 10절)"

삶의 리듬을 잘 이용하면 마음을 열고 신경을 집중할 수 있다. 그러면 이전과는 전혀 다른 방식으로 내면의 소리를 듣게 된다. 우리에게 맡겨진 고유한 사명을 완수하려면 정기적으로 시간을 내서 마음을 평온하게 가라앉혀야 한다. 그래야 내면의 소리와 가르침을 의식할 수 있다. 하지만 내면의 소리는 기쁜 순간에는 좀처럼 들리지 않고 보통 어려움이 닥쳐 힘겨운 순간에 들려온다. 우리에게 아무것도 남아 있지 않을 때, 그래서 도움을 바라며 내면을 돌아볼 때 들려오기 마련이다.

넓은 연못에 거센 돌풍이 불어 물결이 소용돌이를 일으키는 모습을 상상해보자. 연못가에 차분히 앉아 있으면 폭풍은 지나간다. 바람이 잦아들면 소용돌이가 잠잠해지고 수면은 고요해진다.

연못이 고요해지고 나서야 비로소 수면에 비치는 자기 모습을 선명하게 볼 수 있다. 마찬가지로 내면의 소리를 듣고 메시지를 이해하려면 우선 마음이 고요해야 한다.

내 안에서 들려오는 목소리를 '신'이라고 부르거나 '나만의 직감' 혹은 '발신자 불명'이라 해도 상관없다. 그 목소리는 모두를 위한 것이다. 마음의 소리를 의식하고 따를 때, 심지어 주차 위치나 강아지 산책 시간을 선택하는 것처럼 사소해 보이는 순간에도 놀라운 일들이 일어난다. 내가 사소한 물건을 찾는 것부터 사람이나 동물을 마주치는 것까지 모두 우연이 아니다. 성경 구절을 빌리자면, 나는 내 인생의 길을 걷기만 할 뿐, 등 뒤에서 들려오는 목소리가 이른다. 그 목소리는 내 마음 깊은 곳에 꽂힌다. "여기가 바른길이니, 이리로 가라."

No Endings Only Beginnings

제5장

◆

매일의 작은 노력을 통해
사랑하는 습관을 들이자

"살아 있는 동안 인생을 충실하게 누리십시오. 그래야 경이로운 삶의 순간마다 세상에 불행과 슬픔을 보태지 않고 무한한 기쁨과 신비에 미소 지을 수 있습니다."

_윌리엄 사로얀

몇 해 전에 아내와 나는 우리가 언젠가 묻힐 자리에 세울 묘비를 골랐다. 우리는 사로얀의 말을 비석에 새기기로 했다. 이 글귀는 우리 부부가 평생 따르려 노력했던 좌우명이다. 지금 비석은 아내의 삶을 기리며 집 근처 아름다운 묘지에 서 있다. 아내의 묘비명은 언제나 마음에 더없는 위로와 평화를 주는데 나처럼 다른 이들에게도 영감을 주었으면 한다.

인생의 무한한 기쁨과 신비에 미소 지을 수 있다면 틀림없이 진심을 다해 살아가는 사람, 사랑을 표현하며 살아가는 사람일 것이다. 그때 인간은 신의 본성과 조화를 이루게 된다. 이제 우리는 사랑을 주고 온정을 베풀 때 몸에 생리학적인 변화가 생김을 안다. 사랑에서 우러나 행동하는 사람들의 이야기를 들어보라. 개별 활동 혹은 단체 자원봉사에 참여해 그들이 표현하는 감정은 사람들이 신경안정제에 취했을 때 묘사하는 황홀감과 상당히 비슷하다. 애정 어린 행동을 하면 엔도르핀이라는 신경전달물질 호르몬이 분비된다. 엔도르핀은 혈압을 낮추고 생기를 북돋우며 타인과의 연대감을 높이는 천연 활력소 역할을 한다. 이와 같은 생리적 반응은 사랑을 주고받는 당사자뿐만 아니라 그 행동을 목격하는 제3자들의 신체에서도 일어난다.

나 아닌 다른 생명체와 관계 맺는 것은 건강과 생존에 매우 중요한 요소다. 중독성 있는 신경안정제는 아무리 그 감정을 비슷하게 흉내낸다 해도 사랑의 힘에는 미치지 못한다. 약물은 인위적으로 황홀감을 유발하며 뇌 구조를 망가뜨려 약 없이는 행복감을 느낄 수 없게 만든다. 반면 진정한 영적 사랑은 경이로운 '임생체험Near-Life Experience'을 선사한다. 어떤 약도 사랑에 필적할 수 없으며 사랑의 부작용은 긍정적인 것뿐이다. 매일 의식적으로 누군가에게 친절을 베풀어보자. 칭찬을 의식해서가 아니라 그저 좋아서 하는 선행 말이다. 하루하루 작은 노력을 기울여 습관이 붙게 하고 사랑의 화신으로 거듭나자. 개를 산책시킬 때 쓰레기를 줍고 노숙자에게 다가가 정중하게 대화를 시작해보자. 길에서 마주치는 사람들에게 따뜻한 미소를 보내고, 앞에 끼어드는 운전자를 용서하자. 도로에서 벌레를 구해 흙으로 안전하게 돌려보내자. 사랑을 실천한 일화를 모두 모아 제2의 바이블에 기록하자. 그리고 격려가 필요할 때마다 거기에서 영감을 찾고 힘을 얻자. 어느새 '삶의 무한한 기쁨과 신비'에 미소 짓는 자신을 발견하게 될 것이다.

"사랑은 병에 찌든 세상을 구하는 치료 약이다.
우리가 사랑을 주고받는 법을 배운다면,
대부분의 육체적·정신적 질병에서 회복될 것이다."

_칼 메닝거Karl Menninger(1893~1990)
미국의 정신분석의, 메닝거 클리닉 공동 창립자

무슨 문제이든 최고의 해답은
언제나 사랑이다

칼 메닝거 박사의 생각에 동의하며 한 가지 덧붙이자면, 어린 시절에 경험한 소외감이나 애정 결핍은 '병든 세상'에서 수많은 질병의 원인으로 작용한다. 몸에 잘못된 메시지가 전달되면 신체 건강을 잃듯이 마음에 잘못된 메시지가 전달되면 정신 건강을 잃는다. 두 경우 모두 핵심적인 치료법은 삶을 사랑하고 사랑받는 것이다. 타인을 사랑하는 법을 배워 삶의 의미가 깊어질수록 자기애도 커진다.

메닝거 박사는 사랑의 필요성을 역설하기에 제격인 사람이었다. 그는 정신과 의사 집안 출신으로, 성인 및 아동의 정신건강을 증진하는 새로운 치료법을 옹호하고 정신 질환자를 바라보는 대중의 시선을 바꿔놓았다. 메닝거 박사의 연구 덕분에 지금 우리는 정신질환이 저주나 신의 형벌 또는 귀신에 홀린 것이 아닌 어떤 질병의 증상임을 받아들이게 되었다. 정신적·신체적 질병은 보통 어린 시절에 뿌리를 두고 있다. 부모나 보호자의 적절한 보살핌을 받지 못하고 정서적 또는 신체적 결핍을 겪은 아이들은 성인이 되어 정신적·신체적 질병을 앓게 될 가능성이 상대적으로 높으며 대체로 수명이 단축되는 경향이 있다.

현대 사회에서는 말썽을 일으키거나 정서적 문제가 있는 아동과 10대 청소년들이 너무 일찍부터 항우울제와 다른 행동 조절 약물로 치료받는다. 메닝거가 활동하던 시대에 이런 아이들이 정신과 시설에 수용되었듯 오늘날에도 마찬가지다. 정서행동장애로 낙인찍히고, 문제의 근원은 바뀌지 않은 채 오히려 더 큰 부작용을 일으킬 수 있는 약물 치료를 받고 있다.

소아과 및 일반외과 의사이자 다섯 명의 자녀를 둔 아버지로서 나는 어린 스승, 특히 정서적·정신적 어려움을 겪는 스승들 덕분에 사랑하며 사는 법을 많이 배웠다. 아이들은 초등학생이 되어 어른들의 기대가 몸에 배기 전까지, 가령 옷차림과 말씨와 행동거지를 배우기 전까지는 마음 내키는 대로 자유롭게 행동한다. 아이들은 자기 행복을 추구할 뿐이다. 어른이 되어서도 이렇게 단순한 행동 양식을 따른다면 신체적으로나 정신적, 정서적으로 건강해질 것이다. 하지만 인생은 그리 단순하지 않고 자칫하면 정상 궤도를 벗어나기 쉽다.

사랑받고 정서가 안정된 아이들의 유년기는 호기심, 미스터리, 기쁨으로 가득한 경이로운 시간이다. 이런 아이들은 슬프거나 걱정되거나 겁에 질렸을 때도 가면 뒤에 감정을 숨기지 않는다.

울거나 말썽을 부리며 어른들의 관심을 끌려고 애쓰면서 자신의 기분이나 상황을 드러낸다. 부모가 아무리 자식을 사랑하고 열과 성을 다해 보살펴도 어린 자녀들은 아이라서 겪는 어려움 때문에 엇나갈 때가 있다. 또한 어떤 아이들은 기질적으로 다른 아이들보다 더 다가가기 힘든데, 그럴 때 부모는 어쩔 줄 몰라 쩔쩔매며 좌절감에 빠질 수도 있다.

어느 해 추수감사절, 우리 집에 초대받아 온 10대 손님이 옷을 홀딱 벗고 식탁 아래 앉아 자기가 칠면조라고 선언하는 일이 있었다. 아무도 이 말썽꾸러기를 어떻게 다뤄야 할지 몰랐다. 그동안 상담치료도 많이 받았지만 별 소용이 없었던 모양이다. 소년의 아버지는 내가 구석에 서서 웃고 있는 모습을 보았다. 어쨌거나 자식이 다섯이나 되는 나로서는 별로 낯선 광경이 아니었다. 소년의 아버지가 부탁했다. "제 아들 좀 어떻게 해주십시오."

"그러죠." 나는 대답했다. 여기서 여러분도 읽기를 잠시 멈추고, 과연 나라면 어떻게 했을지 생각해보라.

우선 내가 '하지 않은 것'은 아이에게 식탁 아래에서 나와 옷을 입으라고 타이르는 일이었다. 나는 아이에게 창피를 주지도 않았고 못 본 체하며 무시하지도 않았다. 그 대신 옷을 다 벗고 아이 옆에 앉아 나도 칠면조라고 선언했다. 그리고 한참 동안 아이와 나란히 앉아 칠면조도 속옷과 양말, 바지와 셔츠, 재킷을 입을 수 있다고 차근차근 설명했다. 그리고 천천히 아이에게 옷을 입히고 나도 옷을 입었다. 옷 입은 칠면조인 채로, 우리는 식탁에서 점잖게 식사를 마쳤다. 칠면조 흉내를 그만두고 자기가 진짜 누구인지 깨닫기는 쉬운 일이 아니다. 깨달음은 단계적 변화라서 그 과정을 인도해줄 누군가가 필요하다.

때로 고통받는 사람들의 경험에 동참함으로써 우리가 공감한다는 것을 그들이 실감할 수 있도록 해야 한다. 필요하다면 옷을 벗고 칠면조가 될 수도 있어야 한다. 그리 힘든 일도 아니다. 그들의 경험을 공유하면 구경꾼이 아니라 동지가 될 수 있다. 우리가 이해함을 상처받은 동지가 알면 도움이 되기 때문이다. 아이를 '위해서' 혹은 '억지로'가 아니라 아이와 '함께' 공감하는 단계를 밟은 뒤에, 그날 칠면조가 되어야만 했던 아이의 결핍을 치유해주었다. 나는 그 아이와 계속 만나며 시간을 들여 확실하게 치유되고 회복되도록 이끌었다.

내 자식들 중에도 가정과 학교생활에서 많은 어려움을 겪었던 아이가 있다. "할머니가 전화하셨는데, 집에 놀러 오라셔." 아이가 이렇게 말하면 나는 어머니 집에 아이를 데려다주고는 했다. 몇 년이 지난 뒤에 어머니가 그런 전화를 하신 적이 없음을 알게 되었지만 아이가 스스로를 돌보고 있었기에 그런 행동을 나무라지는 않았다. 아이는 집 안에서 벌어지는 온갖 소란에서 벗어나

쉬고 싶은 마음에 할머니 집으로 피신했던 것이다. 아이는 아내와 내가 휴가를 떠난 동안, 벽장에 숨어들어 책을 읽기도 했으며 그럴 때 형제자매들이 그 녀석은 벌써 학교에 갔다고 베이비시터에게 둘러대면서 감싸주었다.

우리 가족은 종종 유머를 문제 해결법으로 사용했다. 말썽이 생겼을 때 무작정 나무라거나 심각한 가족회의를 열기보다 모욕감을 주지 않고 함께 웃으면 효과적으로 요점을 전달할 수 있다. 함께 웃을 때 모두가 가족 구성원으로서 소속감을 느낀다. 이런 양육 방식 덕분에 아이들이 건강한 유머 감각을 기르고 사춘기의 부담도 덜 수 있었던 것 같다. 집에서나 학교에서도 좀처럼 적응하지 못했던 아들이 특히 유머를 즐겼고 유머 감각도 발달하게 되었다. 그 아들이 우리 집 '말썽꾸러기'라 아내와 나는 한시도 눈을 떼지 않으려 부엌 옆에 붙어 있는 방을 쓰게 했는데, 아이는 독립해서 집을 떠날 때까지 방을 바꾸려 하지 않았다. 그 아들이 고등학교를 졸업했을 때 우리는 그 애를 대학에 보내려고 갖은 노력을 다했다. 하지만 결국 아이는 대학을 포기했다. 아들에게 최소한 집을 떠나서 세상 구경이라도 해보라고 권했지만 아이는 집을 떠나려 하지 않았다. 그래서 어느 날 아이가 외출했을 때 그 방 침대를 분해해서 숨겨놓았다. 그날 저녁 식사를 마친 다음, 아이가 자기 방으로 들어갔고 나머지 식구들은 어떤 반응이 나올지 기대했다. 찍소리도 없었다. 이튿날 아침, 아이가 방에서 나와 식탁 의자에 앉더니 이렇게 말했다. "고마워요. 이제 허리가 한결 편하네요." 그 말을 듣고 모두 한바탕 웃었다. 중요한 메시지는 가족 모두에게 전달되었다. 아들은 우리가 그를 사랑하지만 이제 둥지를 떠날 때라고 생각한다는 메시지를 받았고, 우리는 그가 아직 그럴 준비가 되지 않았다는 메시지를 받았다. 결국 나중에 아들은 스스로 마음의 준비가 되었을 때 집을 떠났다.

키울 때 제일 고생했던 바로 그 아들이 우리 부부에게 이메일을 보낸 이야기도 마저 해야겠다. 이메일에는 우리가 자기에게 해준 모든 것과 평생 주었던 사랑에 감사한다는 내용이 담겨 있었다. 그 이메일을 읽고 나는 우리 부부가 사랑 가득한 인생이라는 복권에 당첨된 것만 같았다. 내가 혼자 된 이후로 아들은 매일 밤 전화를 걸어 안부를 묻는다. 다른 자식들과 마찬가지로 이 아이도 사랑을 받는 법뿐만 아니라 사랑을 주는 법도 배웠다. 사랑보다 더 큰 가르침은 없다.

그러니 말썽 부리고 속 썩이는 자녀를 사랑하자. 키우는 동안 아이들의 관점에서 삶을 경험하고, 그들이 혼자가 아님을 보여주자. 혹시 신체적 또는 정신적 차이 때문에 사회에서 소외감을 느끼는 사람을 알고 있다면 잠시 곁에 머물러라. 자신들이 얼마나 소중한지 스스로 깨달을 수 있도록 그들의 말에 귀를 기울여라.

메닝거 박사의 충고를 받아들여 사랑이 세상의 모든 병폐를 극복하는 최고의 명약임을 기억하라. 사랑과 인정이 넘치는 세상을 만들기 위해 당장 행동하자. 무슨 문제이든 최고의 해답은 언제나 사랑이다.

"누군가의 상처받은 마음을 달래줄 수 있다면,
내 인생은 헛되지 않으리.
내가 한 인생의 고통을 덜어주고
한 사람의 아픔을 어루만지고
죽어가는 한 마리 새를 살려
둥지에 되돌려놓을 수만 있다면
내 인생은 헛되지 않으리."

_에밀리 디킨슨Emily Dickinson(1830~1886)
미국의 시인

배려와 사랑으로 보살피자

에밀리 디킨슨의 인생에 의미를 부여한 것은 창조주의 모든 피조물에 연민을 느끼고 생명의 소중함을 보여주는 그녀의 능력이었다. 우리는 서로 온정을 나누어야 한다. 특히 의료계는 사람들이 가장 취약한 상태로 찾는 곳이기에 온정과 연민은 더욱 아름다운 선물이 된다.

디킨슨과 비슷한 성향의 간호사가 요양원에서 근무하며 장애가 있는 할머니 한 분을 돌보았던 경험을 들려준 적이 있다. 6년 동안 그 노인은 걷지 못하고 휠체어 신세를 져야 했다. 매일 밤 간호사는 할머니를 침대로 옮겨 잠자리를 봐주었고, 종종 자신의 임사체험Near-Death Experience을 떠올리며 사랑과 용서 이야기를 할머니와 나누었다. 어느 날 밤 그가 깜빡하고 할머니를 침대에 눕혀야 하는 시간을 넘기자 이내 쩌렁쩌렁한 목소리가 복도에 울려 퍼졌다.

"에드워드!"

간호사는 할머니 방에 가서 잠자리 준비를 거들기 시작했다.

"정말 신이 모든 것을 용서한다고 생각하세요?"

"그럼, 그렇고말고."

할머니는 그의 물음에 답했다.

"내가 처녀 때 말이야, 부모님 집에서 은붙이를 훔쳐다 팔았거든. 덕분에 시집도 갈 수 있었고. 그때 한 짓을 신이 용서해주실까?"

"네, 용서해주실 겁니다, D 여사님."

"그럼 이만 작별 키스하고 가보게."

이튿날 아침 그가 출근했을 때, 책상에는 원장실로 오라는 메모가 붙어 있었다.

"혹시 어젯밤 D 부인에게 뭐라고 했습니까?"

"왜 그러시죠?"

"D 부인이 새벽 2시에 방에서 나와 휠체어도 없이 복도를 한참 걸어오더랍니다. 그리고 간호사실 데스크에 틀니와 성경책을 턱 올려놓더니 '이것들은 더 이상 필요 없어'라고 말씀하셨다네요. 그러고 나서 방으로 돌아가 침대에 누워 주무시다 돌아가셨어요."

보살핌Caring은 전염된다. 내가 아는 사람 중에 젊은 환자로부터 편지를 받은 의사가 있는데, 편지에서 보살핌의 전염성을 명백히 확인할 수 있었다. 그 의사는 내게 편지를 보여주었고 내용을 옮기면 다음과 같다.

선생님은 아마 저를 기억하지 못하시겠죠. 저는 2년 전에 그 병원에서 다른 의사 선생님의 진료를 받았어요. 그때 저는 갓 낳은 아기를 잃었답니다. 그날 주치의 선생님이 절 보러 왔다가 병실을 나가면서 말씀하셨어요.

"이 병원에 환자분과 성씨이 똑같은 의사가 있어요. 그가 게시판에 적힌 이름을 보고 환자 상태를 묻더니 혹시 친척일 수도 있다며 한 번 보러 오고 싶다고 하더군요. 그래서 제가 환자분이 오늘 아기를 잃었다고 알려주었어요. 왠지 아무도 만나고 싶지 않을 것 같아서요. 하지만 환자분만 괜찮다면 상관없겠죠."

잠시 후 선생님이 병실에 들어와 제 팔에 손을 얹고 침대 옆에 잠시 앉아 계셨어요. 별말씀 없으셨지만 눈빛과 목소리가 따뜻했고 덕분에 저는 조금 위안을 받았지요. 그런데 선생님의 옆모습은 피곤해 보였고 얼굴에는 주름이 깊었어요. 그 후로 다시 뵙지 못했지만 간호사들이 선생님은 밤낮으로 병원 일만 하신다더군요.

오늘 오후, 저는 이곳 베이징에 있는 중국인 친구의 멋진 집에 초대받았어요. 정원이 높은 담으로 둘러싸여 있고 붉은색과 흰색 꽃이 덩굴진 담벼락에 놋쇠 현판이 걸려 있었어요. 거기 새겨진 문구를 해석해달라고 가까이 있던 사람에게 부탁했죠. '인생을 즐겨라. 생각보다 시간이 얼마 없으니.' 저는 아기를 잃은 슬픔 때문에 다시 아기를 갖고 싶지 않았어요. 하지만 그 문구를 보고 나서 더는 미루지 않기로 했어요. 그때 잃어버린 아기를 생각하다 보니 선생님 생각이 나더군요. 피곤에 지친 주름진 얼굴과 제게 너무나 간절했던 연민의 정을 베풀어 주신 순간이 떠올랐죠. 선생님 나이는 모르지만 아마 제게는 아버지뻘 일 거예요. 곁에 머물러주셨던 그 몇 분이 선생님에게는 별 의미 없는 시간일 수도 있지만, 절망에 빠져 불행하고 외로웠던 산모에게는 큰 의미가 있었답니다. 그래서 주제넘지만 저도 이제 선생님을 위해 뭔가 해드리려고 해요. 선생님, 어쩌면 선생님의 시간도 생각보다 얼마 안 남았을지 몰라요. 그러니 부디 이 편지를 받는 날, 병원 일이 끝나면 혼자 가만히 앉아서 생각해보셨으면 해요.

그다음 이야기는 의사가 들려주었다.

"보통 나는 숙면을 하는데, 그날 밤은 중국의 어느 집 담벼락에 걸린 놋쇠 현판이 꿈에 보여서 수십 번을 깼어. 기억도 가물가물한 환자가 보낸 편지 때문에 심란해진 나 자신이 참 어리석은 늙은이 같았지. 내 안의 목소리가 이렇게 말하는 것 같더군. '정말로 네가 생각하는 것보다 시간이 없을지도 몰라. 네 인생 좀 어떻게 해봐.'

나는 다음 날 아침 병원에 출근해서 동료들에게 3개월 동안 쉬겠다고 말했어. 완벽하게 유능한 동료들이 있음에도 내심으로 나 없는 동안 병원은 엉망이 되겠구나 싶었지. 하지만 돌아와 보니, 내가 떠날 때와 다름없이 병원에는 환자가 많았고 환자들의 회복 속도도 여전히 빠르더라고. 환자들은 대부분 내가 자리를 비운 줄도 몰라. 빈자리가 얼마나 빠르고 완벽하게 채워지는지 확인하는 것은 굴욕이었지만, 한편으로는 건강한 교훈이었어. 나 자신과 가족을 돌보기 위해 일을 쉰 것은 그때가 처음이었거든. 이후로도 꾸준히 그렇게 하고 있지."

한 의사의 배려와 보살핌이 한 여성의 아픈 마음을 위로하고 '자기 둥지로' 다시 돌아갈 수 있게 했다. 그리고 시간이 흐른 뒤에 그녀는 우연히 한 통의 편지를 보내 의사에게 똑같이 보답했다. 공교롭게도 의사는 환자를 치료하고 환자는 의사를 치료한다.

또 어떤 신사가 유타에서 내과의사로 일했던 아버지 이야기를 편지로 써서 내게 보내기도 했다. 그의 아버지는 환자를 돌보기 위해 여러 번 목숨을 건 채 말을 타고 눈길을 헤치며 왕진을 다녔다. 부친이 살아온 인생을 제대로 알아보기 위해, 아들은 아버지가 외딴 마을에 사는 환자를 보러갈 때 동행하던 안내인을 만나 이야기를 들었다. 안내인은 폭설과 눈보라가 휘몰아치는 위험한 상황에서도 아버지가 결핵으로 위독한 여자를 보러 간 적이 있다고 말했다.

"위독함을 아셨다면 가서 아무것도 해줄 수 없다는 것도 아셨을 텐데. 보나 마나 아버지는 왕진비도 받지 않으셨겠죠."

아들의 말에 안내인은 아버지가 실은 1달러를 받았고 그 돈을 자기에게 건네주었다고 했다.

"아버지는 도대체 왜 그런 말도 안 되는 짓을 하셨을까요? 눈보라 속에서 목숨까지 걸고."

안내원이 답했다.

"선생님은 그녀에게 누군가 자기를 보살피고 있음을 알려주기 위해 그러셨을 겁니다."

내가 캠프 지도자로 일할 때 있었던 일이다. 참가자 가운데 과체중에다 운동신경도 그저 그런 스튜어트Stuart라는 소년이 있었다. 스튜어트는 나와 닮은꼴이었다. 도시에서 자랐고 키가 작고 통통한데다 운동신경이 별로 좋지 않았다. 캠프에서 팀을 나눌 때 양 팀 코치가 팀원을 고르는 동안 마지막까지 남은 아이의 기분이 어떨지 잘 알고 있었기에, 나는 항상 스튜어트와 다른 말썽꾸러기들을 팀원으로 먼저 뽑았다. 나는 우리 팀이 이기든 지든 별로 신경 쓰지 않았고, 그저 아이들이 즐겁게 지내는 데만 관심을 쏟았다. 스튜어트의 부모가 캠프장에 왔을 때 내게 말했다. "우리 애는 여태까지 캠프를 싫어했거든요." 나는 그들에게 아이들을 어떻게 배려했는지 설명하지 않고 그냥 하던 대로 계속했다. 스튜어트와 다른 아이들은 끝까지 팀에 남았다. 아이들은 여름방학 내내 야구 경기에서 단 1승도 거두지 못했지만, 재미있게 지냈고 서로를 인정했다.

이것이 바로 세상살이의 이치다. 나는 우리가 일으키는 변화와 보여주는 배려가 세상을 살아가는 이유라고 믿는다. 보살핌은 기꺼이 우러나오는 사랑의 행동이다. 그러니 에밀리 디킨슨을 기억하자. 그녀를 본받아 인생을 헛되이 살지 말자. 마음에 온정을 담아 기회가 있을 때마다 친절을 베풀고 누군가를 아끼고 보살피자. 한 세대를 따뜻하게 보살펴 기르면 결국 모두가 행복해진다.

"오하이오에서 대규모 공장을 운영하는
기업가 친구가 말하기를, 공장에서 최고로 치는 일꾼은
작동하는 기계의 리듬과 조화를 이루는 사람들이란다.
친구는 기계공이 자기가 다루는 기계의 리듬에 맞춰서
작업하면 종일 일해도 피곤하지 않다고 단언한다.
그리고 공장에서 기계를 돌리는 것은
신의 법에 따라 부품을 조립하는 과정이라고도 한다."

_노먼 빈센트 필(1898~1993)
미국의 목사, 『긍정적 사고방식The Power of Positive Thinking』의 저자

자신의 모든 면을 사랑하자

노먼 빈센트 필 박사의 글에 담긴 단순한 지혜는 내게 감동을 주었다. 매사에 신을 발견하는 또 하나의 훌륭한 사례이기 때문이다. 모든 피조물과 생명체에는 신성한 질서가 있다. 우리는 이 질서를 깨달을 때 자연법칙 즉 신의 법을 명백히 확인하게 된다. 기계공이 기계로 할 수 있는 일과 할 수 없는 일을 배우고 익혀서 조화롭게 작업하고 기계를 항상 최적의 상태로 유지하듯, 우리 인생에도 같은 원리가 적용될 수 있다. 자기 몸을 돌보고 독특한 개성과 타고난 본성을 조화롭게 유지할 때, 피로와 고통은 줄어들고 행복과 건강은 커진다. 이것이 자기애Self-Love다. 자기애는 내가 아닌 다른 사람이 되려고 노력하는 것이 아니라 있는 그대로의 나를 깨닫고 타고난 소질과 한계를 인정하고 존중하며 최선을 다해 스스로를 보살피는 것이다.

자기애는 자기를 위해 어떤 선택을 하는지, 그 선택이 본성에 어울리는지 여부로 판단할 수 있다. 선택은 매번 쉽지 않은 결정이며 지금까지 본받을 만한 롤 모델이 없었다면 더욱 그렇다. 하지만 자라면서 특별한 롤 모델이 없었던 사람이라도 어린 시절의 결핍을 스스로 채우고, 더 나은 롤 모델과 스승을 찾으며 생활신조로 삼을 새로운 좌우명도 정해야 한다. 시간이 필요한 일이라 어쩌면 몇 년이 걸릴 수도 있지만 충분히 해낼 수 있다.

내가 치료한 환자 중에 알코올 의존증이 심각한 학대 가정에서 자란 여성이 있었다(편의상 그녀를 '론다'라고 부르기로 하자). 안타깝게도 론다의 부모와 형제자매는 모두 극단적인 선택을 했다. 론다는 피부경화증Scleroderma 때문에 나를 찾아왔는데, 이 질병은 어느 정도 치료가 가능하지만 완치는 불가능한, 고통스럽고 외모까지 망가뜨리는 자가면역질환이다. 한눈에 보기에도 론다의 병세는 상당히 진행된 상태였고 그녀도 자포자기한 태도였다. 론다는 부모가 자살하자 애초에 자기가 잘못된 아이였다고 믿게 되었다. 나는 그녀가 살아온 이야기를 할 수 있도록 격려하고 가만히 듣기만 했다. 론다가 아픈 기억을 끄집어내는 동안 부모와 자기 자신에 대한 분노의 기운이 그녀의 '몸에서 빠져나가기' 시작했다. 그리고 자기 힘으로 어쩔 수 없었던 상황을 계속 탓하면서 과거에 얽매여 있으면 건강이 나아질 수 없음을 스스로 깨닫게 되었다. 론다는 상담 치료를 받기로 했고 그것은 그녀에게 새로운 길을 열어주었다. 그녀는 인생에 대한 감정을 재구성하는 법을 배웠다. 그러자 그동안 겪어야 했던 상황들이 더는 그녀를 괴롭히지 않고 긍정적인 효과를 내기 시작했다.

나중에 론다는 내게 편지를 보냈다. "키워준 부모도, 내가 겪은 일도 뜻대로 할 수 없었지만 내 마음의 감옥에 사랑을 보냈더니 가슴속에 남아 있던 상처들, 그러니까 사랑받지 못했던 모든 경험이 다른 의미로 바뀌었어요." 론다는 이제 진정으로 자신의 리듬과 균형을 찾았고 신의 조화를 이루며 살고 있다. 더는 과거나 현재의 고통과 맞서 싸우지 않고 자기 인생을 선물로 받아들였다. 놀랍게도 론다는 병원에서 예상한 기대수명보다 수십 년이나 더 오래 살아 의사들이 당황할 정도였다.

지난날의 부정적인 메시지가 계속 생각을 제어하도록 내버려두지 마라. 부정적 메시지는 독과 같아서 타인에게까지 부정적인 감정을 투영하게 만든다. 그래서 감정이 상했을 때 남을 탓하기가 쉽다. 부정적인 생각과 믿음을 바꾸기 전에는 긍정적인 감정과 관계, 기회가 점점 멀어질 뿐이다.

또 다른 환자는 심한 화상을 입은 10대였는데, 그 소녀는 30도가 넘는 무더위에도 목까지 올라오는 긴소매 옷을 입고 사후 관리를 받으러 왔었다. 내가 이유를 묻자 "보기 흉하잖아요"라고 대답했다. 소녀는 자기를 미워하고 있었다. 자기혐오에 빠지면 조화롭고 균형 잡힌 삶을 경험할 가능성이 모두 사라진다. '자기만의 리듬'이 깨져서 신이 준 아름다운 도구인 우리 몸과 삶에 부작

용이 생기기 때문이다. 어느 여름, 나는 그녀가 요양원에서 간호
조무사로 일하게 도와주었는데 반소매 유니폼을 입으면 흉터가
드러날 수밖에 없었다. 그런데 다음번에 진료실에 왔을 때 그녀는
이전보다 행복해 보였다. 요양원 일이 너무 좋고, 사람들도 친절
하고 다정하며 아무도 화상 흉터를 신경 쓰지 않는다고 했다. 나
는 그녀에게 말해주었다. "사랑을 베풀 때 넌 아름답단다." 그녀는
아름다움이 피부보다 훨씬 깊은 곳에서 우러나옴을 이해했고, 자
신을 사랑하며 흉터까지도 소중히 여기는 법도 배웠다.

다른 예를 들자면, 신경질환으로 위독한 상태에 놓인 여성
환자가 있었다. 그녀는 자신의 쓸모없는 몸을 경멸하게 되었지만,
그렇다고 휠체어에 앉은 채 커다란 젤리 덩어리가 된 듯한 기분
을 느끼며 죽고 싶지는 않았다. 그녀는 혐오를 멈추고 그 대신 사
랑을 택하기로 결심했다. 그녀는 매일 알몸으로 거울 앞에 앉아
자신의 몸에 조금씩 애정을 쏟았다. 결과가 궁금하지 않은가. 그
녀는 점점 차도를 보이더니 질병에서 치유되었다.

자기애는 타인의 의견이나 취향, 그들의 필요나 욕망에 휘둘
리지 않는다는 의미이기도 하다. 내 인생은 나만의 것이며 신이
내게 준 삶의 목적을 완수하는 것이다. 우리는 어른인 동시에 아
직 내면에 살고 있는 어린 자아의 대변인이다. 내 안의 어린아이
가 뭐라고 하는지 귀 기울여보라. 그는 나만의 피터팬, 웬디, 팅커

벨이 모두 하나로 합쳐진 존재다. 상상력을 자극하고 사기와 의욕을 북돋워주며 삶에 영감을 주는 일을 하면서 인생을 보내자.

우울증을 앓는 사람들은 절망에 빠져 자기를 보살피지 못하는 삶에 갇혀 지낸다. 이들은 슬프고 공허한 상태로 살아가는 자기 자신을 혐오하며, 우울증의 원인이 되는 사정이 언제 어떻게 바뀔지 짐작조차 못 한다. 혹시 여러분이 이런 상황에 처해 있다면, 우울한 감정 때문에 자책하느라 세월을 허비하지 말고 부정적 감정을 경고성 신호로 이용하여 위험에서 벗어나라. 나의 일부가 되어준 부정적 감정을 고맙게 여겨라. 우울증은 직업을 바꾸거나 인간관계에서 벗어나는 것처럼 갇혔다는 기분이 들거나 삶의 의욕을 빼앗기는 상황에서 나를 보호하는 동기가 되기도 한다. 나를 사랑한다는 것은 암울한 순간을 창의력의 원천으로 전환한다는 의미다. 우울증을 부정하거나 무시하려고 하지 마라. 오히려 반대로 접근해보라. "그래, 지금 내 기분은 이래. 그렇다면 이 감정을 어떻게 바꿔야 할까? 여기 숨어 있는 선물과 경고 메시지를 발견하면 다시는 이런 일을 겪지 않아도 되겠지?"

앞으로는 행복한 우울증, 창의적인 질병, 눈부신 실패, 건설적인 실패를 경험하자. 내 아내 바비가 즐겨 말했듯이 절대 스스로를 실패자라고 비하하지 마라. 실패의 경험은 언제나 경계할 만한 본보기로 쓸모가 있다. 앞길을 가로막는 선택은 접어라. 살아 있음에 감사하게 되는 그런 인간관계, 장소, 활동과 행동을 선택하라.

기계공과 기계에 빗댄 필 박사의 이야기를 잊지 말고 마음과 육체와 영혼을 신이 내린 도구라고 생각하자. 적어도 하루에 한 번은 잠시 거울을 들여다보고 부정적인 생각을 끊어내자. 자신의 모든 면을 사랑하자. 자기 눈을 들여다보고 자기 이름을 소리내어 부르고 스스로에게 말해주어라. "난 너를 사랑해, 그리고 너의 모든 것을 받아들일게." 어느 날 아침 거울 속에서 신의 자녀가 자신을 마주보는 광경을 상상해보라. 생각만으로도 멋지지 않은가! 그런 일이 반드시 생길 테니, 그날이 오면 드디어 자신을 사랑하게 되었음을 믿어라. 그때가 바로 신의 리듬과 나의 리듬이 완벽하게 조화를 이루는 순간이다.

창조CREATION

인간은 인공 심폐기를 만들어

심장을 여는 수술을 하고는 말한다

"멋진데"

신은 나무를 만들고 보기 좋다고 하는데

인간은 혈액 투석기를 만들고 말한다

"끝내주는군"

162

신은 물고기를 만들고 보기 좋다고 하는데

인간은 장기 이식수술을 하고 말한다

"정말 엄청난 일이야"

신은 인간을 창조하고 보기 좋다고 말하지 않는다

인간이 손가락을 다쳐서 반창고로 동여맨다

상처는 아문다

나무는 자란다

물고기는 헤엄친다

심장 수술 환자가 죽는다

혈액 투석 환자가 죽는다

이식 수술이 거부반응을 일으킨다

이제 뭐라고 하려나

우리는 말한다, 신에 대적할 수는 없다고

그러니 신의 작품을 짓밟지 말고

공동 창조자가 되어라

"우리는 사람들이 모든 상처와 증오를 씻어버리고
새로운 삶을 시작하게 해달라고 기도했다.
우리는 직접 고통을 겪으면서 서로를 용서하지 않으면
새로운 시작을 기대할 수 없음을 잘 알고 있었다.
용서하지 않으면 이해할 수 없고,
이해하지 못하면 두려워진다.
두려워지면 미워하고 미워하면 사랑할 수 없다.
그리고 사랑이 없이는
이 세상에서 새로운 시작도 없다
……
사랑으로 가는 첫걸음은 용서에서 시작되어야 한다."

_로렌스 반 데르 포스트 Laurens van der Post (1906~1996)
남아프리카공화국의 작가, 박애주의자, 교육가, 환경보호론자

용서에도 연습이 필요하다

로렌스 반 데르 포스트의 소설 『머나먼 곳A Far Off Place』은 남아프리카를 배경으로 두 명의 백인 아이와 두 명의 원주민 안내인이 겪는 이야기를 다룬다. 이들은 죽음을 모면하기 위해 살인자들을 피해 도망치게 되고, 당국에 사건을 신고하려 수개월에 걸쳐 사막을 횡단한다. 비록 허구일지라도 등장인물들은 세상 사람들이 인종을 불문하고 직면해야 하는 수많은 시련을 경험한다. 그들의 선택은 둘 중 하나다. 악행을 저지른 가해자를 용서하는 것, 아니면 계속해서 억울함과 수치, 증오 속에 살아가는 것.

미움에서 시작되어 끔찍한 학살까지 이어지는 일련의 사건은 역사적으로 모든 대륙과 문화권에서 일어났다. 대학살이 벌어질 때마다 인류는 사랑과 미움에 대한 깨달음을 얻을 기회가 있었다. 넬슨 만델라Nelson Mandela가 자서전에서 밝혔고 강제수용소에서 살아남은 유대인이 학교와 성전에서 지금도 가르치듯이, 피해자는 가해자를 용서해야 비로소 자유로워진다. 그들은 자유의 열쇠를 자신의 손에 쥐고 있다.

나는 생각, 태도, 질병의 연관성을 꾸준히 언급하고 있다. 마음속에 미움과 원망을 품은 사람은 신체 면역체계에 자신을 공격하라는 메시지를 전달한다. 그 결과 스트레스 호르몬이 분비되면 방어기제로 염증이 생긴다. 신체가 말 그대로 전쟁터가 되어 자기 몸을 적으로 인식한다. 암, 심장 질환, 자가면역질환은 모두 염증에서 시작되기 때문에 보통 증세가 서서히 나타난다. 미움과 원망이 가득한 사람이 건강하고 행복하게 살 가능성은, 같은 경험을 겪었을 때 과거를 잊지 않으면서도 가해자를 용서한 사람들보다 훨씬 낮았다.

용서는 잘못을 잊거나 잘못된 행동이 괜찮다고 말하는 것이 아니다. 인간은 용서하도록 설계되었음을 기억하라. 고통스러운 문제는 잊는다고 해결되지 않는다. 우리는 용서를 '베풀' 때 스스로에게 선물을 주게 되는데, 그것은 기억에 '묻을' 때 결코 얻을 수 없는 선물이다.

용서를 베풀면 상처를 준 사람들에 얽매였던 굴레를 벗어던질 수 있다. 가해자들은 증오와 무관심, 두려움의 감옥에 갇혀 살겠지만 용서한 사람은 굴레를 벗고 밝은 빛과 신의 사랑 안에서 살게 된다. 상대방을 용서하기까지 상담이나 영적 지도자의 도움이 필요할 수도 있고 때로는 오랜 시간이 걸릴 수도 있지만, 용서를 실천하면 진정으로 자기를 지키게 된다. 선택은 우리의 몫이다.

대부분의 사람들이 살면서 자신을 용서하기 힘든 순간을 맞이한다. 보통은 나쁜 짓을 저질러서가 아니라 옳은 일을 하지 못해서 자책하게 된다. 이를테면 아픈 아이를 구하지 못했거나 연로한 일가친척을 자주 돌보지 못했거나 친구를 돕지 못하고 곤경에 처한 낯선 사람을 외면했을 때가 그렇다. 재난 생존자들은 살아남았다는 사실에 엄청난 후회와 양심의 가책을 느낀다. 다른 사람들을 구하지 못했기 때문이다. 잘못을 저지른 사람은 자신이 누군가의 삶을 무너뜨리고 고통을 초래했음을 깨달을 때 후회와 죄책감을 짊어져야 한다. 무심하고 경솔한 행동이나 무심코 행동한 자신을 용서하는 것도 무척 어려운 일이다.

　반 데르 포스트의 소설 속 등장인물이 깨달았듯이, 나 자신을 용서하든 남을 용서하든 간에 용서하는 법을 찾으려면 먼저 이해할 수 있어야 한다. 이해가 선행되지 않으면 근본적으로 길을 잃고 엉뚱한 길에서 헤맬 뿐이다. 고대 히브리어로 '죄Sin'라는 단어는 영어의 '실수Err'와 비슷한 뜻이고, '죄인Sinner'이라는 단어는 '길을 잃은 자'라는 뜻이다. 옳고 그름을 분별하게 되면 진심으로 회개할 수 있을 뿐만 아니라 새로운 길로 접어들어 삶과 행동을 올바른 방향으로 전환할 수도 있다.

　쉽지 않은 일이지만 누군가에게 상처를 주거나 잘못을 저질렀을 때는 최대한 빨리 '미안하다'고 말해야 한다. 구구절절 자기 행동을 합리화하는 이유를 대지 말고 변명하거나 남을 탓하지도 말아라. 죄나 잘못에 대해 용서를 구할 때는 나로 인해 상처받은 사람들에게 보상하고 피해를 전부 복구하는 것이 중요하다. 진심으로 사과한다면 사람들은 대부분 이해하고 용서하며 나아질 것이다. 남을 탓하지 않고 자기 잘못을 반성하며 교훈을 얻으려 함을 알아볼 것이다. 설령 사람들이 사과를 받아들이지 않더라도 최선을 다해 용서를 구하고 보상하면 속이 조금은 후련해질 수도 있다.

용서받은 뒤에도 자신의 잘못이 다른 사람에게 어떤 영향을 미치는지 이해하고 진심으로 뉘우친 뒤에 상황을 최대한 바로잡지 않으면 마음의 평화와 사랑을 되찾을 수 없다. 이렇게 노력하면 신은 우리가 한 번도 죄를 짓지 않은 것처럼 우리를 용서한다. 참회하는 죄인은 완벽하게 정의로운 사람조차 오를 수 없는 위치에 서게 된다고 믿는 사람들도 있다. 참회자는 교훈을 가슴으로 느끼고 영혼 깊이 새기기 때문이다. 혹시 지금 죄책감으로 마음이 무겁다면 자기가 한 일을 글로 적어서 영적 지도자나 믿을 만한 연장자에게 보여주기를 권한다. 그런 사람을 찾기 어렵다면 신에게 고해성사를 하듯 큰 소리로 읽어라. 혼자 숨어서 뉘우친다 해도 신은 우리가 개과천선했음을 알고 반길 것이다.

우리는 모두 어떤 길을 걷기 위해 세상에 왔다. 그 길은 세상에 사랑을 보태기 위한 여정이며 어떤 의미에서는 신을 닮아가는 과정이다.

『캐치Catch-22』를 비롯해 많은 작품을 남긴 소설가 조셉 헬러 Joseph Heller는 말년에 신경질환으로 몸이 마비되었다. 헬러는 친구인 영화감독이자 배우 멜 브룩스Mel Brooks가 병원에 찾아왔던 일화를 글로 남겼다. 브룩스는 병실에 들어서면서 명령하듯 말했다. "예수의 이름으로, 일어나 걸어라!" 헬러는 브룩스를 쳐다보며 응수했다. "효과가 없잖아." 브룩스는 어깨를 으쓱했다. "혹시나 해서."

나는 멜 브룩스에게 편지를 썼다. "만약 그때 '너의 죄를 사하노라' 하고 말했다면 정말 효과가 있었을 겁니다. 그건 신체적이라기보다 정신적인 문제거든요."

브룩스는 답장을 보내왔다. 예수의 기적에 대한 내용을 바로 잡아주어 고맙다며 앞으로는 엉터리 주문을 걸 때 '너의 죄를 사하노라' 부분을 절대 빼먹지 않겠다고 했다. 편지는 이렇게 마무리되었다. "너의 죄를 사하노라. —멜로부터." 유머는 언제나 기분 좋은 마무리다.

과거의 상처 때문에 미움과 두려움, 분노라는 쓰라린 씨앗을 마음에 품고 있다면 반 데르 포스트의 소설에 등장하는 인물들처럼 깨우침을 얻어라. 마음에서 쓰라림이 사라지기를 신에게 기도

하고, 그 자리에 용서하겠다는 의지의 씨앗을 심어라. 사랑으로 나아가는 첫걸음을 내디뎌라. 경이로운 자유와 새로운 인생의 시작이 바로 우리를 기다린다.

용서FOR-GIVE-NESS

용서

베풀기를 뜻하는 말

아마 그래서 용서에는 신이 필요한가 보다

한순간에

나와 상대방을 치유하는 힘

그렇지만 상처를 지울 수 있을까

마음이 원치 않으면 어쩔 수 없겠지

신은 원망이 없으니

용서하고 잊을 수 있나 보다

나도 신의 형상을 닮아갈 수 있을까

내면을 가득 채울 수 있을까

그리고 제발 용서할 수 있을까

No Endings Only Beginnings

제6장

◆

신비로운 체험으로부터
지혜와 깨달음을 얻자

"하지만 나는 스스로 무엇을 깨달을 수 있는지 알고 싶다.'
거창한 낱말들이 무엇을 의미하는지 몹시도 궁금하다.
과연 '삶'이 무엇인지 그리고 '사랑'이 무엇인지 궁금하다.
어쩌면 나도 열쇠를 손에 넣을 수 있으리라.
신비스러운 문을 열고 내 마음의 문을 여는 열쇠.
수수께끼를 풀어라.
세상이 들을 수 없는 '음성'이 귓가에 들려오리라,
그의 '존재'가 눈앞에 나타나리라!"

_어니스트 홈스와 펜윅 홈스 형제Ernest and Fenwick Holmes

가끔은 눈에 보이지 않는 불가사의한 것들의 실체가 궁금해지지 않는가? 한층 더 심오한 현실, 생명이 탄생한 이래 인류에게 줄곧 수수께끼였던 의문들 말이다. 홈스 형제의 서사시에는 의식적으로 '위대한 합일Great Oneness'에 이르려는 인간의 욕구가 아름답게 표현되어 있다. 위대한 합일은 물질적 존재를 뛰어넘어 모든 진리와 깨달음이 담긴 의식의 통합 상태를 뜻한다. 과학적 교육을 받은 홈스 형제의 호기심을 자극하고 그들이 신비주의와 과학을 결합하는 신앙의 영적 수련법을 구상한 계기가 바로 이와 같은 인간의 근본적 욕구였다.

지난 수백 년 동안, 영적 깨달음을 얻기 위해 구도求道에 일생을 바친 사람들은 깨달음이 우연히 얻어지지 않는다고 믿었다. 따라서 그들은 신의 존재를 의식하는 법을 배워야 했고, 의례와 신학 공부에 매진하며 평생 겸손하게 신을 섬겨야 했다. 오늘날 신과 가깝게 소통하기 위해 묵언 수도회에 입회하여 수도원이나 수녀원 생활을 하려는 사람은 거의 없다. 엄격한 규율이 영적인 삶을 꾸리는 데 필수는 아니라고 생각하기 때문이다. 하지만 헌신적인 태도와 호기심, 의지와 겸손은 내면을 가꾸는 정원의 밑거름이 되고, 신을 알고 이해하고자 하는 '욕구'는 물이 될 것이다. 이것이야말로 신을 알고 신비로운 수수께끼의 문을 여는 핵심 요소다.

신비주의Mysticism와 신비Mystery는 고대 그리스어에서 유래하여 '눈과 입술을 닫는다'는 뜻이 있고 어원은 '어둠과 침묵'이다. 내면의 빛을 찾고 신과 교감하려면 어둠 속에서 침묵해야 한다는 뜻일 것이다. 당시 신비주의자와 성직자는 침묵을 통해 신에게 나아가는 길을 터득하고 치유의 기적을 행하는 사람들이었다.

한편, Doctor(의사)라는 단어는 중세 프랑스어 Docere에서 유래했는데 '가르치다'라는 뜻이다. 원래 의사는 의술을 행하는 사람이 아니라 고매한 스승을 일컫는 칭호였다고 한다. 안타깝게도 현대 의학은 질병을 고치는 쪽을 지향할 뿐 자연법칙이나 신의 길처럼 생명, 건강, 치유를 돕는 신비주의 요법(정신 수련법)은 가르치지 않는다. 오늘날 의사들은 환자에게 예상 밖의 치료 효과가 나타날 때, 증세가 일시적으로 호전된 것처럼 '자연적 호전(자연 완화)Spontaneous Remission'라는 표현을 쓰지만, 그보다는 '자가 치유 Self-Induced Healing'라는 표현이 더 적절하다.

자가 치유란 '나는 내 생명을 사랑한다'는 내면의 메시지를 받았을 때 몸에 일어나는 '기적'이다. 우리 몸은 잠재의식 속에서 끊임없이 생물학적 언어를 감지한다. 이를테면 밤낮없이 뇌에서 신경화학 물질을, 내분비 기관에서는 호르몬을 분비하여 신호 전달자 역할을 하고, 자율신경계를 제어하며 호흡이나 혈압을 비롯한 신진대사를 담당한다.

체내 화학물질들은 저마다 독특한 분자 구조로 이루어진다.

각각의 화학물질은 열쇠가 열쇠 구멍에 들어가듯이 뇌와 신체 각 부에 흩어져 있는 수용체에 꼭 들어맞는다. 열쇠를 끼워 넣고 돌리면 수용체들이 반응하는데, 우리가 횡단보도에서 빨간불이나 초록불 신호에 따라 행동하거나 물음표(?), 느낌표(!), 스마일 표시(◎) 등의 기호를 보고 반응할 때와 같은 방식이다. 우리가 행복할 때는 이런 화학적 기호가 생존 욕구를 강화하는 쪽으로 신체를 작동시킨다. 하지만 오랫동안 스트레스를 받거나 불행하다고 느끼면 몸에 다른 반응이 일어난다. 스트레스와 불행감이 만성화되면, '휴식 및 진정Rest-and-Digest' 방식이 아니라 건강과 행복을 해치는 '투쟁 혹은 도피Fight-or-Flight' 방식이 몸에 익어 면역체계가 약해진다. 단순히 출근길 운전을 하는 동안에도 힘겨운 하루를 어떻게 버틸지 두렵다고 생각하면 뇌가 자극을 받아 스트레스 호르몬을 방출하고, 몸도 실제로 두려움과 위험이 닥쳤을 때처럼 반응한다. 이 상태가 지속되면 몸에서 에너지원이 빠져나가 쉽게 질병에 걸리거나 자가면역력이 떨어지게 된다.

가장 불가사의한 수수께끼 중 하나는 특정한 상징들이 시대를 막론하고 모든 문화권에 걸쳐 보편적으로 나타나는 현상이다. 이 현상은 생명과 영혼이 서로 맞물려 있음을 보여준다. 대표적인 예로 삼위일체를 상징하는 세 개의 얽힌 원(트리니티 문양—옮긴이)이 있다. 삼원형 기호는 기독교에서 성부와 성자와 성령, 혹은 마음과 몸, 영혼이라는 세 가지 지위가 하나의 신을 이루는 영원한 본성임을 상징한다. 이와 비슷한 주제를 표현하는 다른 교리의 상징으로는, 토속신앙의 오각성(펜타그램—옮긴이), 불교의 만다라(영원한 시간의 수레바퀴—옮긴이), 아메리카 원주민의 주술 바퀴(치유의 수레바퀴—옮긴이), 힌두교의 연꽃 문양, 중국의 음양 기호 등이 있다. 상징은 우리가 생각하는 것보다 훨씬 강력하며 상징적 기호는 말보다 우선적으로 인식된다. 상징을 통해 느낌이나 개념을 직접 받아들이고 생각이 끼어들어 내면을 간섭하거나 판단하는 것을 막을 수 있다. 또한 보편적인 의식의 언어, 즉 신의 언어는 상징적인 이미지와 색으로 가득 차 있다. 이 언어는 우리가 꿈에서 접하게 되는 언어를 말한다. 꿈의 이미지는 다가올 미래를 보여주며, 꿈을 통해 깨달음을 얻거나 억압된 감정을 표현하고 해답을 구하기 위한 실마리를 잡을 수도 있다.

아마 인류의 가장 큰 수수께끼는 죽은 뒤에 어떻게 되는가 하는 문제일 것이다. 간혹 절체절명의 순간에 사후 세계로 잠깐 넘어갔다 되살아왔다는 사람들이 있다. 그들은 대부분 죽은 뒤에도 의식이 있었다면서 유체이탈의 경험, 즉 임사체험을 생생히 기억할 수 있다고 주장한다. 어린 시절 내게도 그런 일이 일어났기에 이번 장에서는 나의 임사체험 이야기도 하려 한다.

또 하나 해묵은 수수께끼는 삶에 나타나는 천사나 영적 안내자에 대한 것이다. 천사나 영적 안내자는 환시나 환청처럼 나타나는가 하면 우리 눈에 띄지 않은 채 상황을 유리한 쪽으로 이끌기도 한다. 이런 사건을 이른바 '공시성Synchronicity'이라는 신비로운 우연으로 여길지 모른다. 공시성은 거의 모든 사람이 경험하지만 보통 무시하거나 대수롭지 않게 넘기는 하나의 미스터리다.

일찍이 나는 침묵 속에서 신을 만날 때 신비 체험이 주로 일어남을 깨달았다. 신을 알게 되면 내가 누구인지도 비로소 알게 되었다. 신을 알면 생각이 바뀌고 세상의 무게로부터 자유로워진다. 그리고 새로운 행복을 얻는다. 수없이 다양한 방식으로 모습을 드러내는 '신의 존재'에 심오한 일체감과 경이로움을 느끼게 된다.

당부하건대, 눈 감고 입 닫는 것, 신비주의와 침묵의 어둠으로 들어가는 것을 두려워하지 마라. 홈스 형제가 시로 표현했듯 순수한 호기심과 열정을 품고 내면의 여정을 너그러이 받아들여라. 그리고 자신의 경험을 제2의 바이블에 기록하라. 세월이 흐를수록 신비 체험으로부터 지혜와 깨달음이 계속 쌓일 것이다.

이제 휴대전화를 내려놓고 텔레비전과 컴퓨터 화면도 끄기 바란다. 조용한 장소로 가서 크게 숨을 들이마신 다음 모든 근심을 내려놓고 천천히 내쉬어라. 마음과 영혼에 숨어 있는 욕구를 느껴라. 그런 다음 신의 계시를 받고 영적 깨달음을 얻은 불멸의 자아와 하나가 되게 해달라고 각자의 신에게 요청하라.

"숫자에는 신비롭다고 할 만큼 기묘한 점이 있다…….
나는 '숫자'가 신비의 열쇠라는 느낌을
확실하게 받았다. 숫자는 발명되는 만큼
발견되기 때문이다.
숫자는 의미뿐만 아니라 수량까지 나타낸다."

_카를 구스타프 융

마음을 열고 영혼의 언어를 배우자

정신과 의사로서 융은 수백 명을 진료하면서 꿈을 그림으로 묘사하고 설명하는 환자들의 병력을 접했다. 융은 환자들의 꿈과 그림에 계속해서 등장하는 상징과 숫자의 유사성에 매료되었다. 그는 꿈과 그림이 환자의 잠재의식으로 가는 문이며 그 문을 통해 이미지와 숫자, 즉 영혼의 언어가 환자의 의식과 소통한다고 생각했다.

나 역시 환자들을 위해 꿈에 주목하는 법을 배웠다. 만약 환자의 꿈 이야기를 듣고 표면적으로든 상징적으로든 내가 인지하지 못한 신체적 문제가 있다는 의심이 들면, 조직검사나 다른 추가 검사를 하는 편이다. 그러면 십중팔구는 환자의 꿈이 질병을 정확히 짚어낸 것으로 밝혀진다.

꿈에 주의를 기울이는 것은 내 잠재의식 속에서 무슨 일이 벌어지고 있는지 이해하고 성장하는 데도 도움이 되었다. 언젠가부터 외과의사로서 암 환자 지원 모임을 시작하게 된 이유 중에 혹시라도 내가 병마와 싸우거나 죽어가는 환자가 아니라 진단을 내리고 치료하는 의사라는 점을 확실히 하고 싶은 마음은 없었는지 의구심이 들기 시작했다. 그러자 환자들의 고통과 두려움의 무게가 어깨를 짓눌렀고, 그것은 나나 환자 어느 쪽에도 도움이 되지 않는 감정이었다.

그러던 어느 날 밤, 자동차 뒷좌석에 타고 어디인가로 가는 꿈을 꾸었다. 그런데 산모퉁이를 돌아 언덕을 오르던 자동차가 별안간 도로를 벗어나 산비탈로 곤두박질치기 시작했다. 다른 사람들이 혼비백산해서 비명을 지르는 동안에도 나는 조용히 앉아 있었다. 꿈에서 나는 두 가지 깨달음을 얻었다. 나는 운전자가 아니므로 동승자를 비롯해 모두를 책임질 필요가 없었으며, 죽음의 공포는 개인적으로나 직업적으로 내게 문제 될 것이 없었다. 다른 사람들과 한 차에 타고 있었지만 그들의 두려움에 공감할 수 없었던 것이다.

꿈을 꾼 다음 날 나는 진료실 책상을 벽 쪽으로 옮겼다. 환자와 나 사이를 가로막았던 장애물을 없애고 환자들과 마주 앉는 대신 나란히 앉기로 했다. 이제 나는 환자의 질병에만 집중하지 않고 환자의 삶과 치유를 함께 돕고 있다.

때로는 신, 영적 안내자, 세상을 떠난 사랑하는 사람들이 꿈속에서 말을 걸 수도 있다. 논리적인 두뇌가 잠들어 있을 때, 꿈에서 들려오는 음성이 더욱 잘 들리기 때문이다. 나는 아버지가 돌아가신 후 여러 달 동안 계속 검은 옷만 고집하며 언젠가 나도 죽는다는 사실을 잊지 않으려 했다. 그것은 건강한 애도 방식이 아니었다. 어느 날 아버지는 꿈에 나타나 내가 걱정된다고 하셨다. 그리고 나를 천국에 데려가 아버지의 날 행사를 보여주었다. 이 세상을 떠난 모든 아버지들이 환한 촛불을 손에 들고 행진하는 중이었다. 아버지는 나를 천사 옆에 남겨두고 떠났다. 천사는 불 꺼진 초를 들고 다가오는 어떤 사람을 가리키더니 내게 성냥을 건네며 말했다. "가서 촛불을 밝히시오."

몇 걸음 다가가 보니 그는 바로 내 아버지였다. "아버지, 촛불이 꺼졌어요. 제가 불을 붙여드릴게요."

"천사들이 계속 촛불을 켜주는데도 네 눈물 때문에 자꾸 촛불이 꺼지는구나." 아버지의 말씀이었다. 아마 아버지는 잘 지내고 있으며 당신의 죽음이 내 삶을 힘들게 하지 않기를 바란다고 알려주려 하셨던 것 같다. 내가 슬퍼할수록 아버지는 천국에서 편안하게 지내기 힘들어졌기 때문이다. 이 꿈은 슬픔에 잠긴 아이들을 위해 『버디의 촛불Buddy's Candle』이라는 책을 쓰는 계기가 되었다. 그때부터 나는 검은 옷을 입지 않았고 나 자신과 아버지를 위해 즐겁게 살기 시작했다.

또 언젠가 한 번은 꿈결에 어떤 음성을 들었다. "너의 이름은 '사치다난다Satchidananda'로다." 잠에서 깼을 때 이름은 기억에 남았지만, 도대체 그것이 무슨 뜻인지 누구의 목소리였는지는 전혀 알 수 없었다. 나중에 병원에서 인도 출신 의사가 그 이름이 '존재, 의식, 행복'을 의미한다고 알려주었을 때 나는 전율을 느꼈다.

그리고 '신의 여러 얼굴'이라는 문구가 계속 눈앞에 아른거리던 꿈에서 깨어난 날도 절대 잊지 못한다. 나는 꿈에서 깨자마자 사람들 하나하나가 모두 신의 여러 얼굴임을 깨달았다.

잠재의식과 영적 안내자는 꿈은 물론이고 그림에서도 상징적 이미지로 우리와 소통한다. 여러 해 전에 나는 아이들과 어른들의 그림에 드러나는 잠재의식의 의미를 배우기 위해 엘리자베스 퀴블러 로스가 이끄는 워크숍에 참가했다. 그 후로 나는 항상 환자에게 그림을 그리게 했고, 환자와 함께 그림을 해석했다. 그림 치료와 관련한 다양한 사례는 내가 최근에 발표한 저서 『치유의 기술』에서도 확인할 수 있다.

한 가지 사례로, 림프종이라는 유전질환이 발병했을까 봐 두려워하며 어린 딸을 병원에 데려온 어머니가 있었다. 나는 어머니에게 그림 치료에 대해 설명해주고, 아이에게는 자화상을 그려달라고 부탁하며 크레용과 종이를 건네주었다.

아이는 목 주변 림프샘이 부어오른 자신의 모습을 종이 앞면에 그린 다음 뒷면에는 뾰족하게 발톱을 세운 고양이를 화면에 가득 채워 그렸다. 나는 아이 어머니를 안심시켰다. "걱정하지 마세요, 고양이 발톱병Cat Scratch Fever(집고양이에게 긁히거나 물려 림프샘에 염증이 생기는 바이러스 감염증—옮긴이) 같네요." 그리고 몇 가지 검사를 했더니 진단이 사실로 확인되었다.

'세라Sarah'라는 가명의 어린이 환자가 소아암 말기로 입원했을 때 일이다. 어느 날 세라는 보라색 나비 한 마리와 몇 송이의 꽃을 그렸다. 내가 세라의 어머니에게 보라색은 영혼의 색이고 나비는 변신을 상징한다고 설명했을 때, 그녀는 딸의 영혼이 이 세상을 떠날 시간이 다가옴을 알리려 한다고 깨달았다. 그리고 딸을 퇴원시켜 집에 데려가기로 했다. 나는 융의 가르침에 따라 숫자의 중요성, 다시 말해 숫자의 의미를 기호뿐만 아니라 수량으로서도 배웠기 때문에 환자들이 햇빛의 광선이나 집의 창문을 많이 그렸다면 그 이유를 물어본다.

세라는 꽃을 여러 송이 그린 데 특별한 이유가 없다고 말했지만, 우리는 곧 그 의미를 알게 되었다. 세라는 어머니의 생일날 잠에서 깨어 말했다. "엄마, 나 오늘 떠날래. 이제 엄마 고생 그만 하라고." 그리고 그날 저녁에 세라는 숨을 거뒀다. 그림 속 꽃송이의 숫자는 세라가 그림을 그린 날부터 세상을 떠난 날까지 경과한 날짜였다.

사람들은 상징을 통해 영혼의 뜻을 전달받는다. 위로나 사랑의 메시지를 받기도 하고 뭔가 하라고 슬쩍 유도하는 메시지를 받기도 한다. 사랑하는 사람이 죽은 후에 '생각지도 못한 행운'이 찾아드는 경우도 종종 있다. 심지어 부스럼 딱지도 누군가에게는 메시지를 담은 상징이 될 수 있다. 딱지는 생각할 것도 없이 놀라운 생존 메커니즘이다. 딱지는 출혈을 막아주고 상처가 곪지 않도록 보호해준다. 나는 존 업다이크John Updike(1932~2009, 미국의 시인·소설가—옮긴이)가 쓴 시「치유의 송가Ode to Healing」를 좋아한다. "딱지는 우리 몸이 찍어내는 동전/보이지 않는 표어를 새긴다/'우리는 신을 믿는다In God we Trust(미국 화폐에 새겨 넣는 국가 공식 표어에 빗댄 중의적 표현—옮긴이).'"

숫자 8은 시작을 의미한다. 8일째 되는 날이 새로운 한 주의 시작인 것과 같다. 그렇지만 8을 옆으로 눕히면 무한대 기호∞가 되고 끝이 없음을 상징한다. 처음부터 계획하지는 않았지만, 생각지도 않게 이 책『비긴 어게인』 역시 여덟 개의 장으로 자연스럽게 맞아떨어진다.

그러니 우리도 융을 본받아 꿈에 보이는 기호와 숫자, 꿈속 장면에 관심을 가져보자. 꿈을 기록하는 전용 일기장을 머리맡에 두고 잠에서 깨자마자 꿈의 내용을 적어라. 중요한 선택을 앞두고 머리가 복잡할 때마다 그림도 그려보자. 정원에 돌멩이와 꽃으로 만다라 모양을 만들어 명상할 때 정신 집중에 활용하는 방법도 있다. 마음을 열고 수수께끼 같은 신의 언어를 풀어낼 때 신비로운 메시지는 우리를 위로하고 인도할 것이며, 비로소 공감, 지혜, 사랑 안에서 성장하게 될 것이다.

"인간은 신의 권능으로 창조되어
육신을 덧입고 사는 동안
영혼과 천사와 대화하는 능력을 부여받았으며,
실제로 이것은 고대로부터 행해진 능력이다.
영혼에 덧입힌 육신으로 사는 인간은
천사와 영혼과 함께하기 때문이다."

_에마누엘 스베덴보리Emanuel Swedenborg(1688~1772)
스웨덴의 과학자, 철학자, 신비주의 신학자

영혼의 안내자와 천사를 반겨 맞이하자

나는 평생에 걸쳐 천사나 영적 안내자의 존재를 인식하게 되었고, 중년에 접어들어서 영적 안내자를 만났다. 당시에는 내가 영적 안내자를 만났다는 사실을 전혀 믿지 않았다. 의사로서의 수련 과정은 과학이 전부였고 신비한 영적 체험은 의학의 관심사가 아니었기 때문이다. 그런 점에서 에마누엘 스베덴보리와 나는 공통점이 많다. 그도 나처럼 과학, 자연, 생물학을 연구하며 인생의 절반을 보냈고, 인생 후반기에 영성 문제로 관심을 돌렸다.

스베덴보리는 여러 차례 생사의 경계를 넘나들었던 비범한 인물이다. 그는 자신의 경험을 바탕으로 사후 세계를 설명하는 방대한 저서를 남겼으며 주로 천사와 영적 안내자, 천국과 지옥의 단계, 더 나아가 우주에 존재하는 다른 생명체에 대해서도 논의했다. 그는 사람마다 평생 함께하는 영혼의 안내자를 배정받고, 필요에 따라 다른 영적 안내자와 천사들의 도움도 받는다고 설명했다.

40대 초반에 나는 카를 사이먼턴Carl Simonton(1942~2009, 미국의 종양학자, 암 환자의 심리적 측면을 치료에 접목해 새로운 의학 영역을 개척한 암 전문의—

^{옮긴이)} 박사가 개최한 워크숍에서 암 환자의 치료를 돕는다는 창의적 이미지 사용법을 처음 접했다. 나는 시각화 치료 요법에 회의적이었고 별다른 기대를 하지 않았다. 하지만 명상 시간에 자기 내면의 안내자를 만나라는 지시를 받았다. 바로 그때 수염을 덥수룩하게 기른 '조지George'가 야구 모자를 쓰고 가운 비슷한 옷을 걸친 채 내 앞에 나타났다. 조지와 나는 인생에 대해 뜻깊은 대화를 나누었다. 그 후에 나는 궁금했다. '조지는 의식이 풀어진 상태에서 내가 상상해낸 존재였을까?' 조지는 실제 사람 같았지만, 오랫동안 과학적 훈련을 거쳐온 나로서는 그런 가능성을 인정해야 할지 말지 망설여졌다.

그 일이 있고 얼마 뒤에 어느 영성 센터에서 강연회를 열었다. 그런데 강연 중에 준비한 자료를 보고 있지 않음을 문득 깨달았다. 힘들이지 않고 술술 말이 나왔기에 그대로 두었다. 강연을 마치자 한 여성 청중이 말했다. "전에도 선생님 강연을 들었지만 오늘이 평상시보다 더 좋았어요." 나도 같은 생각이었다. 그 뒤에 서 있던 여자는 내게 그림을 한 장 건네주었다. "강연 내내 어떤 남자가 선생님 앞에 서 있어서 그렸어요." 그는 조지였다. 그날 이후 영혼의 안내자를 만났던 경험에 대해 품고 있던 의심은 모두 사라졌다. 그때 받은 그림은 지금 내 진료실에 걸려 있다.

2년 후, 나는 같은 자리에서 장례식 추도사를 하게 되었다.

심령술사 친구 올가 워럴Olga Worrall이 장례식이 끝난 뒤에 다가와 물었다. "버니, 당신 유대인이었어?" 내가 그녀에게 무슨 소리냐고, 우리는 지금 기독교 장례식에 와 있지 않느냐고 되묻자 그녀가 답했다. "그게 아니라, 당신 옆에 랍비가 서 있단 말이야." 그러더니 올가는 조지를 자세히 묘사했고 그제야 비로소 나는 조지의 모습이 무엇을 의미하는지 깨닫게 되었다. 나는 이제 강연 준비를 따로 할 필요가 없다. 조지가 강연에서 무슨 말을 해야 하는지 알고 있기 때문이다. 나는 단지 그의 도구일 뿐이다.

나는 세상을 떠난 환자와 친구들로부터도 메시지를 받았는데, 그들이 한 말을 가족에게 전하면 앞뒤 사정이 맞아떨어졌다. 스베덴보리가 선언했듯이 나는 육신을 덧입고 사는 영적 존재다. 신과 우주 만물은 의식이라는 언어를 사용하기 때문에 한 영혼은 다른 영혼의 말을 이해한다. 기억하라, 우리 모두는 본모습을 감춘 신이나 천사로서 쓰임이 있다.

때로 우리가 사랑하는 사람들은 세상을 떠난 뒤에 천사가 되어 사랑의 메시지를 전해준다. 힘들 때 우리를 위로하고 위험에 처했을 때는 보호해주기도 한다. 신시아는 열다섯 살 무렵 심각한 바이러스 감염으로 입원했을 때 그런 천사를 만났다고 한다.

몹시 아프고 고통스러워서 3년 전에 돌아가신 어머니 곁으로 가고 싶은 마음뿐이었다. 입원한 지 일주일이 지났음에도 병세가 호전될 기미를 보이지 않자 의료진을 포함한 모든 이들의 걱정이 커졌다. 나에게 남은 선택지가 별로 없었기 때문이다. 그때 뭔가 심상치 않은 일이 벌어졌다.

병실 침대 발치에서 흰 벽이 열리더니 어느새 나는 풀숲이 우거지고 아름다운 야생화가 만발한 언덕 한가운데 서 있었다. 갑자기 내가 제일 아끼던 친구 셰프Shep가 지평선 너머에서 나타났다. 셰프는 엄마가 돌아가신 이듬해 하늘나라로 떠난 우리 집 보더콜리다. 셰프는 초원을 가르며 껑충껑충 뛰어왔는데 털에 윤기가 흘렀고 눈동자도 반짝거렸다. 다시 어린 강아지가 된 것이다. 함께 달리고 뛰어오르며 춤추고 들판 언덕을 구르면서 다시 만난 기쁨에 우리는 어쩔 줄을 몰랐다. 셰프가 내게 보여주는 사랑의 온기와 뜨거운 생명력이 기진맥진한 나의 몸과 마음에 가득 차오르는 기분이었다. 그러다 셰프는 올 때와 마찬가지로 순식간에 언덕을 넘어 사라져버렸다. 나는 큰소리로 셰프를 불렀다. 하지만 초원이 점점 희미해지고 나는 도로 병상에 누워 흰 벽을 응시하고 있었다.

잠시 후 의사와 간호사들이 병실에 들어왔다. 그들에게 방금 죽은 강아지가 찾아왔으며 꿈이 아니었다고 흥분해서 말했다. 그들은 고열 때문에 환각을 보았다고 생각했지만, 체온을 재보고는 열이 없음을 확인했다. 그때 나는 몸을 일으켜 앉았고 일주일 만에 허기와 식욕을 느꼈다. 그 뒤로 나는 완전히 기력을 회복하고 며칠 후에 퇴원했다.

60대가 된 지금도 그때 본 광경이 희망 사항이나 상상력의 산물이 아니었다고 믿고 있다. 그때 나는 죽고 싶었다. 그런데 정말 뜻밖에도 셰프가 와준 것이다. 나는 셰프를 생생히 느끼고 듣고 보았다. 셰프는 내가 살아서 인생을 마음껏 즐기기를 바랐고 무슨 일이 있어도 내가 사랑받고 있음을 알려주려 했다. 셰프는 나를 치유하는 천사로 왔고 임무를 성공적으로 완수했다!

신시아의 이야기에 나는 큰 감동을 받았다. 우리는 둘 다 키우던 동물과 심신의 깊은 유대감을 느꼈기 때문이다. 영적 환상을 경험하거나 생각지도 않게 천사가 찾아올 때, 있을 수 없는 일이라며 부정하지 말고 현실로 받아들여 스승으로 삼아라. 진정한 영적 체험이나 천사의 방문은 평생 잊지 못할 경험이며 깨달음은 시간이 흐를수록 점점 커질 것이다.

고요하게 명상하는 동안 천사들의 사랑과 봉사에 감사하라. 영혼의 안내자를 초대해서 그에 대해 알아가라. 그들이 나타나면 사랑으로 반겨라. 적어도 하루에 한 번씩 고요 속에 머물며 자신의 본성을 기억하라. 우리는 영적 존재이며 영혼과 한 몸이기 때문이다. 신비 체험이 그대로 현실이 되게 하라.

"'의미 있는 우연'이 순전한 우연으로 여겨지기도 한다.
하지만 그런 우연이 반복되고
우연의 일치가 거듭되며 관련성이 높아질수록
우연의 가능성은 낮아지고
'불가지성Unthinkability'이 높아진다.
결국 반복된 우연의 일치는
비록 인과관계를 설명할 수 없다 해도
순전한 우연이라 할 수 없고,
오히려 서로 의미가 통하도록
연결되어 있다고 생각할 수밖에 없다.
……
이와 같은 '불가해성Inexplicability'은
인과관계를 모르기 때문이 아니라,
아무리 지적인 용어로도
인과관계를 이해할 수 없기 때문에 생겨난다."

_카를 구스타프 융

의미 있는 우연을 발견하자

오늘날 물리학자들은 의식이 국소적 현상이 아니라는 사실을 인정한다. 모든 원자와 분자, 생명체, 존재 사이에는 통일성Unity이 있다. 우주의 모든 존재 사이에서 거리와 상관없이 일정한 수준의 의사소통과 행동이 동시에 또는 완벽하게 순차적으로 이행된다. 이것은 새로운 관념이 아니다. 융은 자신과 타인의 삶에서 이와 같은 증거를 수없이 관찰했고, 이를 공시성과 '의미 있는 우연Meaningful Coincidence'이라 규정하며 자신의 에세이에 기록했다.

마치 누군가 혹은 무언가가 하늘의 질서에 따라 사람, 사물, 상황까지 완벽하게 배치해놓은 듯 기회가 적절히 쌓이고 조화로워지면 마땅한 시기에 마땅한 일이 생긴다. 이것이 공시성의 원리다. 살아가는 목적을 마음 깊이 받아들이고 돌보는 사람들과 하는 일을 사랑할 때 우리는 신과 조화를 이루게 된다. 사랑과 삶의 목적이 하나로 합쳐지면 긍정적인 에너지가 생겨나 크고 작은 기적과 의미 있는 우연이 벌어지기 시작한다.

의과대학 진학을 준비할 때 내게도 그런 사건이 잇따라 생겼다. 나는 미시간대학 의대에 지원하면서 입대를 연기하기 위해 조기입학 허가를 요청했다. 이렇게 하면 의대 졸업 후에 입대해서 군의관으로 복무할 수 있었다. 추가 서식을 작성하고 담당 부서의 허가도 받아야 했기에 입학처에서 간단히 처리할 사안은 아니었다. 하지만 결국 허가가 떨어졌고 미시간 의대에서 합격 통지서를 받았다. 이때 지도 교수이자 콜게이트대학 동물학부를 이끌던 포스터 박사Dr. Foster는 내가 성격과 학구열에 어울리는 코넬 의대로 진학하기를 원했다. 그는 내가 무척 열심히 공부함을 알았기에 학점을 깐깐하게 매기는 학교에 다니면 더 유리하지 않겠느냐고 조언해주었다. 그러다 생각지도 못한 상황이 벌어졌다.

그해 여름 바비를 만난 것이다. 우리는 뉴욕주 용커스Yonkers에 있는 로빈 힐 데이 캠프Robin Hill Day Camp에서 일일 지도자로 일했는데 바비는 초등학교 1학년 여학생반을, 나는 남학생반을 맡았다. 바비를 처음 만났을 때 대번에 우리의 미래를 짐작할 수 있었다. 결국 바비와의 특별한 인연으로 나는 미시간대학에 가지 않기로 마음먹었다. 바비가 뉴욕에서 교사로 근무할 예정이라 가까운 곳에서 지내고 싶었고 그래야 우리가 계속 만날 수 있었다.

나는 미시간 의대에 편지를 썼다. 학교 측에서 입학 취소를 불쾌하게 여기지 않을까, 특히 조기입학 허가를 받으려 여러 가지 수고를 끼쳤기에 걱정이었다. 나는 어떤 아가씨를 만났는데, 그녀와 멀리 떨어져 미시간주까지 가고 싶지 않노라고 편지에 적었다. 이후 학장이 아주 근사한 답장을 보내왔다. 안타깝게도 지금은 잃어버렸지만, 편지에는 '미시간 의대도 최고 명문인데 왜 다른 학교를 선택했는지 모르겠다. 그렇지만 이유가 다름 아닌 사랑이라면 이해한다'는 내용이 적혀 있었다. 나의 결정은 미시건 의대를 상대적으로 낮게 평가해서 내린 것이 아니었기에, 반감을 사지 않고 받아들여졌다. 그때부터 모든 상황이 순조롭게 흘러갔다. 마치 처음부터 코넬 의과대학에 입학하기로 계획된 듯 말이다.

코넬 의대에 입학했을 때 나는 간호학과 기숙사에 방을 배정받았다. 내 룸메이트는 자기 친구도 기숙사에 들어온다는 소식을 듣고 방을 바꿔줄 수 있느냐고 물었다. 나는 그러기로 했다. 아버지는 여학생들에 둘러싸여 지내는 간호학과 기숙사를 좋아하셨지만 나는 학교 건너편에 있는 낡은 육군 시설로 짐을 옮겼다. 하지만 세상에 우연은 없는 법! 새 룸메이트는 프레드 스미스Fred Smith라는 이름의 엔지니어였는데, 그는 직업을 바꾸려 의대에 진학한 늦깎이 학생이었다. 그때 나는 스무 살이었고, 프레드는 나보다 열여섯 살이나 많아 거의 아버지뻘처럼 느껴졌다. 그것이 얼마나 큰 혜택이었는지는 뒤늦게 깨달았다. 프레드는 내가 차분히 기숙사 방 책상머리에 붙어 있도록 했는데, 그 시절 다른 동기생들은 정신없이 이리 뛰고 저리 뛰면서 뭘 알고 뭘 모르는지 또 학점은 제대로 받을지 노심초사했다.

의과대학 1학년 과정을 마친 뒤, 나는 바비와 결혼해서 작은 아파트로 이사했다. 매일 아침 한 시간쯤 지하철을 타고 통학했고, 이번에도 의대의 유해한 환경에서 벗어났다. 유해하다는 것은 대다수의 의대생이 사실만을 강조하고 감정을 배제한 채 사람이 아닌 학점과 질병에만 집중하는 분위기를 의미한다. 이렇게 고립되고 단절된 상황과 환경 탓에 의대생들은 온갖 신경증 증세를 보이기도 한다. 나는 의대에 다니면서 전공 시험 말고도 인생에는 다양한 도전과 문제가 있음을 현실적으로 깨달았다. 열심히 공부하고 일했지만 의대 기숙사 환경보다는 훨씬 건강하고 균형 잡힌 삶을 살았다. 내 무릎에 펼쳐놓은 의학서 위에는 고양이가 한 마리씩 앉아 있었다. 바비가 학교 교실 밖에서 구조한 녀석들이었다.

이렇게 사랑과 균형이 있는 공부 환경 덕분에 나는 좋은 성적을 거두었다. 학부에서는 우등생 단체 '파이 베타 카파' 소속이었고, 의대에서도 명예 단체인 '알파 오메가 알파'의 회원 자격을 얻었다. 회원이 되려면 의대에서 성적이 최상위 5~6등 안에 들어야 했다. 의대에서는 보통 성적 하위 25퍼센트에게만 결과를 통보했기 때문에 내 성적에 놀랐다. 나는 다른 누구와도 경쟁하지 않고 오직 자신과 싸우며 학업에 최선을 다했고, 그러면서 행복했기에 사람들을 돕는 데 계속 집중했다. 애초에 의사가 되기로 결심한 것도 사람들을 돕기 위해서였다.

마음에서 우러나온 이타적인 행동과 조건 없는 사랑은 한 사람의 인생을 바꾼다. 자연에서 접하는 모든 것, 우리의 모든 행동이 세상을 바꾸며 결과에 얽매이지 않고 진실하게 살아갈 때 널리 이로운 일이 생긴다. 모든 것이 기적적으로 맞아떨어진다.

공시성의 원리를 보여주는 사건은 계속해서 생겼다. 내가 피츠버그에서 소아외과 전공의 수련을 하는 동안 손가락 관절이 심하게 붓고 통증이 심해 수술하기도 힘들 지경이 되었다. 관절염이었다. 나는 지금까지의 모든 수련 과정이 물거품이 되는 게 아닐까 두려운 마음에 육군에도 연락을 취해보았다. 그리고 현역으로 입대할 수 없음을 알게 되었다. 육군은 장애가 있는 외과의사를 원하지 않았다. 하지만 그다음에 기적 같은 일이 생겼다. 우리가 코네티컷으로 돌아왔을 때 통증과 부기는 사라졌고 그 뒤로는 관절염이 한 번도 재발하지 않았던 것이다.

다른 사람을 돕는 일에 열정적으로 헌신할 때, 삶에서 신의 사랑이 얼마나 커지는지 알면 깜짝 놀랄 것이다. 공시성의 작용을 확인하라. 우연의 일치가 계속되는 경험을 해본 적이 있는가? 그런 일이 생길 때마다 일기에 꾸준히 기록하라. 그때마다 신이 우리 등을 토닥이며 '잘했다'고 칭찬하는 것이다.

"우리가 육체와 상관없이 정체성을 유지한다는 것이
바로 불멸의 증거다."

_어니스트 홈스

낯선 경험이 주는 의미를 되짚어보자

홈스의 견해를 나는 어렸을 때 처음으로 확인했다. 무슨 일이 있었을까? 그때 나는 몸에서 빠져나와 의식과 자각이 온전한 상태에서 생의 이면을 경험했다. 죽음을 체험했던 것이다. 전에도 잠시 언급한 적이 있지만, 여기서 당시의 기억을 더 자세히 되짚어보려 한다. 내 인생을 송두리째 바꿔놓은 경험이기 때문이다.

나는 네 살 무렵 귓병으로 앓아누운 적이 있다. 침대에서 장난감 전화기를 가지고 놀았는데 부품을 분해했다가 다시 조립하는 동안 손을 자유롭게 쓰려고 목수들이 하는 것처럼 입에 못을 한가득 물고 필요할 때마다 빼서 사용하고 있었다. 그러다 전화기 부품을 잔뜩 입에 문 채 숨을 들이마시는 바람에 나사와 숫자판 부품이 목구멍에 걸리고 말았다. 그 순간 후두부가 경련을 일으키며 완전히 막혔다. 숨을 쉴 수도, 살려달라고 소리칠 수도 없었다.

그때 나는 네 살짜리 사내아이의 몸에서 빠져나와 필사적으로 공기를 빨아들이려 침대에서 버둥대는 내 모습을 지켜보았다. 극심한 고통과 통제할 수 없는 반사작용 때문에 흉부와 횡격막에 심한 경련이 일었다. 그렇지만 아무렇지 않았다. 내가 죽어간다는 사실과 죽어도 할 수 없음을 알았지만, 마음이 평온했고 고통도 느껴지지 않았다. 그저 착한 아이는 이런 장난을 하지 않을 텐데 어머니가 무척 슬퍼하며 화를 내시겠구나 하는 생각만 줄곧 들었다. 죽는 것도 괜찮을 것 같았다. 왜냐하면 침대 위 아이는 고통에 몸부림치고 있었고 나는 그렇지 않았기 때문이다. 침대 위에서 숨이 넘어가는 육신은 내가 아니라는 것, 나의 의식과 영혼은 또렷하게 살아 있음을 알 수 있었다. 죽음은 두려워할 일이 아니었다. 어떤 말로도 충분히 설명할 수 없지만, 순수한 행복과 무조건적 사랑 속에서 완벽함을 느꼈다.

그러다 난데없이 어떤 강력한 힘이 작용해 몸부림치는 사내아이의 폐에서 숨을 뽑아냈다. 마치 누군가 하임리히 요법Heimlich maneuver(기도가 이물질로 막혀 질식했을 때 실시하는 응급 처치법─옮긴이)을 쓰는 것 같았다. 침대 위 사내아이는 구토를 하며 장난감 부품을 모두 뱉어냈다. 그제야 나는 다시 몸속에 들어가 숨을 쉴 수 있었다. 소리를 들은 어머니가 방으로 뛰어들어 왔다. 내 입에서 나온 첫마디는 "누가 그랬어?"였다. 죽음을 선택했는데 중간에 누군가 끼어든 것 같았다. 몸에 도로 '빨려 들어갈 때' 나는 속상하고 화도 났지만 아직 죽을 때가 아니라고 결정하는 누군가가 존재함을 실감했다. 고작 네 살이었지만 신을 의식할 수 있었다.

당시에는 어떤 말로 표현해야 할지 몰랐지만, 그 사건은 내가 단순히 육신으로만 존재하지 않고 동시에 정신, 영혼, 의식으로도 존재함을 깨우쳐주었다. 아직 내 시간이 끝나지 않았음을 이해하게 되었고, 시간이 남았다는 것은 성취해야 할 삶의 목적이 있다는 뜻이었다. 육신으로 살게 된 것은 영혼의 깨달음을 얻기 위해서라는 첫 번째 암시였다. 이때의 느낌은 잠재의식 속에 남아 평생 잊히지 않았다. 내가 가야 할 길을 자각한 것은 시간이 조금 더 흐른 뒤였다.

나는 의사가 되어 정신없이 바쁜 일정에 시달릴 때, 우리가 한 번 이상 물질적 영역Physical Realm(임사체험자들이 계층 구조로 설명하는 영적 세계의 한 단계—옮긴이)에서 살아갈 수 있음을 비로소 이해하게 되었다. 당시에 나의 내적 갈등을 알고 있던 친구가 전화 통화에서 '이번 생은 왜 사느냐'고 내게 물었다. 그러자 순식간에 무아지경에 빠진 것처럼 부유하고 막강한 영주의 기사가 된 또 다른 내 모습이 눈앞에 보였다. 영주는 원수의 딸을 죽이라는 명령을 내렸고, 나는 검을 들어 명을 수행하는 동시에 그녀의 개까지 베어버렸다. 나는 이번 생에서 아내 바비가 나의 희생양임을 느낄 수 있었다. 나중에는 결혼 생활이 우리에게 참된 신앙을 가르치면서 가족을 결속시키고 과거에 저지른 잘못을 해결하는 데 도움이 됨을 깨달았다. 또 다른 전생체험에서는 아내와 내가 매번 새로운 역할을 맡으며 여러 번 전생을 함께했음을 알게 되었다.

첫 번째 전생체험을 통해, 나는 이번 생에서 외과의사가 된 것이 어쩌면 칼로 사람을 죽이는 대신 오히려 살리는 나만의 방식이 아닐까 하는 자각이 생겼다. 평생 위험에 놓인 동물을 구조하는 습관도 기사로서 검을 휘두르던 전생과 관련이 있는 모양이다. 아이들이 어렸을 때 종종 동화책을 읽어주고는 했는데, 아이들이 가장 좋아하는 동화는 전쟁터에서 돌아온 기사 이야기였다. 돌아온 기사는 집 안에 들어서자마자 피 묻은 아기 침대가 뒤집혀 있고 기르던 개도 피를 뒤집어쓴 채 그 옆에 서 있는 것을 발견한다. 틀림없이 개가 아기를 물어 죽였다고 생각한 기사는 단칼에 개를 베어버린다. 하지만 아기 침대를 원래대로 뒤집어 보니 죽은 늑대 한 마리가 널브러져 있고 바로 옆에 털끝 하나 다치지 않은 아기가 잠들어 있었다. 충직한 개는 아기를 지키려 늑대를 죽였을 뿐인데 도리어 주인의 손에 죽게 된 것이다. 나는 이 대목을 읽을 때마다 울었고 아이들이 나를 달래주고는 했다. "이것은 그냥 지어낸 이야기잖아, 아빠. 울지 마요." 지금은 그때 흘린 눈물이 전생의 행동을 안타까워하는 내 영혼의 슬픔과 연결되어 있음을 안다.

살아오는 동안 헤아릴 수 없이 많은 영혼의 교훈을 얻었다. 물질적 세계를 경험하지 않고는 결코 배울 수 없는 교훈들이었다. 이런 교훈을 몸소 체험했기에 생이 결코 끝나지 않음을 확신할 수 있다. 여러분도 나도 결코 죽지 않는다. 영혼이 육신을 떠나면 시간 개념은 무의미하다. 다음번에 오케스트라 공연에서 바이올린을 연주하는 다섯 살짜리 아이를 유심히 지켜보면, 그가 전생에도 같은 장소에서 같은 악기를 기막히게 연주하는 고수였다고 확신하게 될 것이다.

영혼이 새로운 육신에 들어갈 때마다 우리는 일종의 필터를 통과하면서 전생의 기억이나 영혼의 감각, 전생의 깨달음을 대부분 잊게 된다. 신이 우주 만물을 이해하기 위해 어둠 속에서 빛을 창조했듯이, 우리 인간도 새로 태어날 때마다 캄캄한 무지에서 출발해 다시 창조주에게 나아가는 길을 찾아야 한다. 생명의 영원성을 진심으로 이해하면 죽음이 더 이상 두렵지 않다.

누구나 임사체험을 겪을 수 있다. 삶이 우리에게 얼마나 큰 선물인지 직접 확인하게 되면 무의미한 생각이나 욕망 또는 행동에 더는 시간과 에너지를 낭비하고 싶지 않을 것이다. 하지만 대다수의 사람들은 아직도 자신이 어떤 존재인지 충분히 의식하지 못한 채 살아간다. 임사체험이나 전생체험이 낯선 사람들에게 영감이 될 만한 이야기가 책과 비디오로 많이 소개되어 있으니 간접적으로나마 체험해보기 바란다. 이 세상에서 신을 대리한다는 것을 이해하고, 물질적 세계에서 얻은 교훈을 통해 신을 닮아가고 싶다면 마음을 열어라. 항상 마음을 열어둬야 비를 맞듯이 자연스럽게 영혼에 깨달음이 스며든다. 지성의 우산을 치워버리고 영성의 비를 흠뻑 맞아라. 영혼의 빗물로 마음의 장벽을 허물고 생명의 합일성과 질서를 의식하라.

신의 음성과 사랑을 실감하겠다며 죽음이나 임사체험을 기다리지 마라. 매일 '임생체험'을 하면서 끝없이 새로 시작되는 진정한 자기 존재, 즉 최고 자아Highest Self의 의식 세계와 소통하라.

No Endings Only Beginnings

제7장

◆

인생의 소중한 경험담을
공유하자

"새로운 과학적 발견으로 우리는 온 우주에서 '인간의 가장 깊은 내면의 본성이 확대되어 반영된 모습'을 인식하게 되었으므로, '고대인들과 다시 결합하게 되었다. 따라서 우리는 실로 우주의 귀와 눈, 사고와 언어가 된다. 신학적 용어로 바꿔 말하면 신의 귀, 신의 눈, 신의 생각, 신의 말씀이 될 것이다.'"

_빌 모이어스Bill Moyers(미국의 언론인, 정치평론가)가 조지프 캠벨Joseph Campbell(1904~1987), (미국의 문학 교수, 비교신화학자)과의 대담을 인용한 구절

조지프 캠벨은 신화학 연구를 통해서 실화든 신화든 상관없이 이야기에는 인간의 불멸성과 신의 영원성을 실감하게 하는 심오한 진리가 숨어 있음을 밝혀냈다. 인류가 글을 읽고 쓰기 훨씬 전부터 이야기와 노래는 중요한 기억과 기술, 지식을 한 세대에서 다음 세대로 전달하는 수단이었다. 이야기는 인류가 가족과 공동체를 결속하고 문화적 정체성을 유지하며 주어진 환경에서 살아남는 데 기여했다.

캠벨은 우리 모두가 한 가족이자 하나의 창조물임을 깨달았다. 그리고 과학과 물리학의 새로운 발견 덕분에 우리 조상인 고대인들에게 더 가까이 다가가게 되었다. DNA와 기억에 관한 발견이든 비국소성Nonlocality 현상이든 마찬가지다. 비국소성이란 시간, 장소, 거리는 인간이 만든 이론일 뿐 실제로는 사람과 사람, 물질과 물질 사이를 완벽히 구분할 수 없음을 증명하는 개념이다. 광활한 우주에서 과거, 현재, 미래와 어떻게 연결되어 있는지 알면 알수록 우리는 모두 진정한 본성, 즉 신과 한 가족임을 이해하게 된다. 이 분야를 심도 있게 다룬 책 가운데 내가 특히 좋아하는 것은, 어니스트 홈스의 『마음의 과학』과 제럴드 L. 슈뢰더 박사 Gerald L. Schroeder, Ph.D의 『신의 과학 The Science of God』이다.

의지할 만한 가족 이야기나 가족 문화가 없는 사람들은 때로 과거와 단절되었다고 느낄 수도 있다. 그들은 자기가 타고난 습관과 취향이 어디서 유래했는지 또 어떤 의미인지 잘 모른다. 삶이 한 세대에서 시작되고 세대와 함께 끝날 뿐이다. 하지만 전자기록 보관 방법이 발달한 덕분에 지금은 인터넷으로 수백 년 전까지 거슬러 올라가서 가족사를 쉽게 연구할 수 있다. 조상들의 이야기, 심지어 존재조차 몰랐던 선조들의 이야기를 발견했을 때 진정으로 그들과 더 친밀감을 느끼게 된다. 그리고 지금 세대와 이전 세대가 공유하는 비슷한 특징과 핵심 가치, 삶의 동기를 알아가면서 현재의 가족 구성원과 자신을 새롭게 인식하는 통찰력을 얻을 수 있다. 아직 가족사를 알아본 적이 없다면 한번 조사해 보라. 결과에 놀라게 될 것이다.

사람들은 중요한 감정과 경험이 신체 조직과 유전자에 저장되어 있음을 대체로 인식하지 못한다. 과거의 주요 사건들은 여전히 남아 우리를 변화시킨다. 지나간 사건들이 어떤 영향을 미쳤는지, 그 사건에 어떻게 대처했는지에 따라 심리적으로나 신체적으로 건강해지기도 하고 병들기도 한다. 어린 시절 기아에 시달린 할머니는 유전자를 통해 손주들의 지방 대사 작용에 영향을 미칠 수 있고, 설령 손주들을 만나지 못하더라도 음식에 대한 불안 때문에 과식하는 습관을 물려줄 수 있다. 정신과 물질은 모두 중요한 문제다. 생각은 뇌에만 있는 것이 아니라 인체의 세포에도 있고 우주의 대기에도 있다.

나는 장기를 이식받은 환자들과 이야기를 나누면서 비국소성 현상을 접하게 되었다. 심장, 폐, 신장 같은 주요 장기를 이식받은 환자 가운데 일부는 몸 안의 장기가 자기와는 전혀 다른 사람 것이라는 인식이 있다고 증언한다. 이식 환자들은 수술 전에는 몰랐던 사실을 갑자기 알게 되고, 낯선 감정을 느꼈으며 수술에서 깨어나자마자 취향이 달라지기도 했다.

　내 친구 클레어 실비아Claire Sylvia는 심장과 폐 이식수술을 받고 나서 자신의 경험을 『심경의 변화A Change of Heart』라는 책으로 펴냈다. 이식수술을 받은 후, 클레어는 맥주나 치킨 맥너겟처럼 전에는 즐겨 먹지 않던 음식에 식탐이 생겼다. 게다가 오토바이를 타고 싶다는 강한 욕망을 느꼈지만, 역시 전에는 오토바이를 좋아하지 않았다. 나중에 클레어는 어떤 청년이 자기 이름이 '팀 L.'이라고 말하는 꿈을 꾸었다. 결국 그녀는 부고를 뒤져 L로 시작하는 팀이라는 남자의 성을 찾아냈다. 팀은 클레어가 수술받기 직전에 오토바이 사고로 죽었고, 당시 열여덟 살이었다. 클레어가 팀의 가족에게 연락을 취해 알고 보니 팀은 심장 공여자가 맞았고, 그녀가 수술 후에 갈망하게 된 것들은 모두 팀이 가장 좋아하던 것들이었다.

　만약 생각과 감정이 육신의 뇌에만 산다면 한 사람의 지식과 기호는 어떻게 다른 사람의 의식 속으로 들어갈 수 있을까? 팀의 장기가 클레어의 신체에 자신의 취향을 생물학적으로 전달할 수 있었다 해도, 그가 어떻게 클레어의 꿈에 들어가 자기 이름이나 다른 정보를 알려주었는지는 설명할 수 없다. 해답이 없다고 하여 이런 영혼의 연결을 부정해서는 안 된다.

캠벨의 설명대로 모든 사람은 동일한 것, 즉 내면의 본성을 반영하여 살아가고 그것이 신의 본성이다. 진정한 의미에서 우리는 모든 경험과 이야기 속에 신과 함께한다. 잠시 생각해보라. 우리를 통해 신은 가장 위대한 이야기꾼이 되는 것이다.

이번 장에서는 나와 내 아이들을 이 자리에 있게 한 우리 가족 이야기를 소개하려 한다. 나중에 되돌아보니 귀중한 지혜의 원천이 된 사건들이었다. 여러분도 내 이야기를 통해 모두를 한 가족으로 묶어주는 소중한 가치를 인식하고 받아들였으면 좋겠다. 자신의 가족 이야기를 제2의 바이블, 인생 매뉴얼에 추가하라. 가족 이야기를 다시 들춰볼 때마다 익숙하면서도 새롭게 보일 것이다. '가장 깊은 내면의 본성'은 이야기로 전해질 때마다 확대되고, 인생의 교훈은 정신과 물질에 더욱 깊이 새겨질 것이다.

"선한 사람은 결코 죽지 않음을 기억하라.
우리는 선한 사람을 자주 목격하게 될 것이다.
그는 거리에서 마주칠 수 있다.
그는 집이나 동네 어디서든 볼 수 있다.
......

우리가 살 만한 세상을 만들어갈 때마다
그를 느낄 수 있다. 사랑으로 인한 모든 것,
사랑을 위한 모든 것, 온갖 풍족한 것,
성장하는 모든 것에서도 선한 기운을 느낄 수 있다.
사람은 세상을 떠나거나 목숨을 빼앗길 수 있지만
선한 사람은 최고의 가치를 남기고 간다.
그것은 영원히 살아 있다.
사랑은 불멸하며 만물을 영원히 살게 한다.
하지만 증오는 매 순간 사라진다."

_윌리엄 사로얀

나를 사랑해준 사람들이 했던 말들을 기억하자

사로얀의 어록은 언제나 부모님과 조부모님을 생각나게 한다. 그들은 사랑이라는 유산을 남겼고 유산은 계속해서 불어난다. 우리 부부의 인생은 물론이고 자녀와 손자녀의 행동에서도 그들의 모습을 볼 수 있다. 물론 우리 부모와 조부모님도 인생에서 실수하고 후회되는 일이 있겠지만, 그래도 가장 좋았던 부분은 남았고 친절과 믿음, 유머와 사랑이 존재하는 한 그들이 남긴 가치는 계속 우리 곁에 머물 것이다. 내 부모님 시si와 로즈Rose, 바비의 부모님 에이도Ado와 멀Merle은 우리가 결혼한 뒤에 조력자 역할을 했고 아이들의 양육에도 적극적으로 참여했다.

어머니는 나를 갖기 전에 중증 갑상샘 기능 항진증으로 인해 체중이 줄고 극도로 쇠약한 상태였다. 임신을 하면 가중되는 스트레스가 생명을 위협할 수 있어 아이를 낳지 말라는 말도 들었다. 하지만 외할머니는 손자를 원해서 어머니가 살이 붙어 임신할 때까지 억지로 음식을 먹였다. 임신 과정에는 난관이 많았고 어머니는 출산 예정일을 한참 넘기고도 일주일 넘게 진통을 견뎌야 했다. 결국 제왕절개를 해야 했는데 의사는 어머니가 수술 중에 목숨을 잃을 수도 있다고 경고했다.

내가 다 크고 나서야 어머니는 당신이 갓난아이가 아니라 '벌건 참외'를 낳았다고 말씀하셨다. 그러면서 내 머리가 '오이 같았다'고 묘사하셨다. 어느 쪽이든 별로 매력적인 아기는 아니었던 모양이다. 퇴원해서 나를 집으로 데려온 후, 어머니는 사람들 눈을 피해서 나를 강보에 싸고 포장 덮인 유모차에 숨겨 뒷마당에 두었다. 내 모습을 보여주기 민망했던 것이다. 특히 이웃 사람들이 새로 태어난 아기를 보러 왔을 때는 난감했다. 어머니가 이 이야기를 하기 전까지 나는 늘 궁금했다. 왜 가족사진에 포장 덮인 유모차만 있고 나의 갓난아기 때 사진은 한 장도 없는 것일까.

자식을 여섯이나 키운 외할머니는 내 외모에 별로 놀라지 않으셨다고 한다. 외할머니는 팔을 걷어붙이고 나서서 하루에도 몇 번씩, 내 머리에 기름을 발라 마사지를 해주셨다. 그녀는 손으로 내 이목구비를 부드럽게 매만지며 울퉁불퉁한 부분을 제자리로 밀어 넣었다. 그러니까 나는 미운 오리 새끼의 외전이었던 셈이다. 나는 미움받이로 둥지 밖에 내쳐지지도 않았고 자신의 아름다움을 찾으려 몸부림치지도 않았다. 나는 사랑받고 인정받았으며 비판적인 시선으로부터 보호도 받았다. 미운 오리 새끼라기보다 백조 새끼로 대접받은 것이 분명하다.

그때 외할머니의 중재가 없었다면 내가 어떤 사람이 되었을지 모르겠다. 아기는 보듬고 쓰다듬어주지 않으면 면역체계와 뇌를 포함한 다양한 장기가 발달하지 않는다. 저명한 인류학자 애슐리 몬터규 박사는 1971년에 발표한 저서 『터칭 : 인간 피부의 인류학적 의의Touching : The Human Significance of the Skin』에서 1850년대부터 1920년대까지 미국의 수많은 고아원에서 한 살 미만 영아의 사망률이 거의 100퍼센트였다고 밝혔다. 그 시절 고아원에서는 전염병을 옮길까 봐 아기들에게 손도 대지 않았지만 그래도 대부분은 감염으로 죽었다. 신체적으로 접촉하는 양육 없이는 면역기능이 절대로 발달할 수 없다.

나를 낳고 나서 어머니의 갑상샘 기능 항진증이 사라졌을 때, 어머니는 나를 선물이나 기적이라고 여긴 것이 틀림없다. 여기서 다시 한 번 어머니의 사랑을 느꼈다. 실제로 태아의 줄기세포에는 산모의 손상된 신체 기능 회복에 필요한 성분이 있어 어머니가 경험한 것은 기적이 아니라 생물학적 치유 현상이었음을 지금은 알고 있다.

나는 태어난 지 50년 만에 처음으로 여성 치료사에게 안마를 받은 적이 있다. 치료사가 손으로 두피 마사지를 할 때 신기한 일이 일어났다. 몇 분 후 내가 눈을 떴을 때 방 안에는 사람들이 가득했다. 왜 모두 모여 있는지 물었더니 대표 치료사가 답했다.

"선생님이 심장마비나 뇌졸중을 일으켰나 했어요, 돌아가신 줄 알았다니까요. 불러도 반응이 없어서." 그때 나는 치료사들에게 출생에 얽힌 사연과 아까 치료사의 손길이 머리에 닿았을 때 과거를 떠올리게 된 경위를 설명했다. 나는 외할머니가 머리를 만져주던 유아기로 되돌아가 말로 표현할 수 없는, 아니 말문이 막히는 지극한 행복을 느꼈던 것이다.

나는 자주 사람들에게 물어본다. "부모님이 하신 말씀 중에 살아가면서 힘들 때 버팀목이 되었거나 반대로 걸림돌이 되었던 메시지가 기억나십니까?" 내가 기억하는 부모님의 말씀은 대부분 긍정적으로 작용했던 것 같다. 모두 사랑의 메시지였기 때문이다. 항상 부모님의 사랑을 받았다고 확신했기에 운이 좋았다. 자리에 없을 때 아버지가 나를 칭찬하시는 것을 우연히 들은 적도 있었다. 그때 아버지 말씀에서 진심을 느꼈고 기분 좋으라고 그냥 하는 말씀이 아님을 알았다. 여러분도 자녀들과 가족을 위해 이렇게 하기 바란다. 칭찬은 믿을 수 없이 강력한 선물이다.

할아버지가 결핵으로 돌아가셨을 때 아버지는 고작 열두 살이었고, 할머니와 여섯 남매에게 남겨진 유산은 한 푼도 없었다. 언젠가 아버지는 할아버지가 그렇게 돌아가신 것이 인생에서 가장 좋은 일에 속한다고 말씀하셨다. 충격을 받은 나는 무슨 뜻인지 여쭈었고 아버지는 대답하셨다. "덕분에 인생에서 뭐가 중요한

지 배웠거든." 아버지는 그런 상황에서 교훈을 얻을 만큼 성숙하고 현명한 분이었다. 아버지에게 물질적인 재물은 혼자만의 것이 아니라 모든 사람의 삶을 향상시키기 위한 것이었다. 아버지는 항상 돈과 시간을 들여 남을 도우면서 내게 깨우침을 주었고, 만나는 모든 사람의 삶이 편안해지도록 노력하며 평생을 보냈다. 아버지의 철학은 자식들이 이어받았다. 아이들은 보고 경험한 것을 따라 하기 마련이다.

아버지의 양육 방식을 보여주는 어린 시절의 일화가 있다. 어느 날 내가 이웃집 마당에서 친구와 장난감을 가지고 놀다가 망가뜨렸다. 내게 없는 장난감을 가진 친구에게 질투가 났던 것이다. 친구 부모님이 우리 부모님에게 장난감 사건을 알렸지만 혼나지 않았다. 다음날 아버지는 똑같은 장난감을 사 들고 퇴근하셨다. 그리고 장난감을 건네며 "너도 이 장난감이 갖고 싶었다는 거 안다" 하시고는 그냥 집 안으로 들어가셨다. 새 장난감을 내가 그냥 가질 수도 있었다. 그래도 아버지는 아무 말씀하지 않으셨겠지만 내게 실망하실 것이 뻔했다. 나는 아버지를 무척 사랑했기에 절대 아버지를 화나게 하고 싶지 않았다. 아버지는 장난감을 나에게 주며 내가 옳은 일을 하리라는 믿음을 보여주려 하셨다. 내게 창피를 주며 직접 이웃집에 가져다 주지 않으셨다. 아버지는 그런 분이었다. 항상 양심에 따라 마음을 정하라고 자식들을 가르치셨다. 나는 새 장난감을 이웃집에 가져가서 친구에게 주었는데, 그렇게 하고 나니 마치 시험을 치르고 A+를 받은 기분이었다. 사랑을 바탕으로 한 아버지의 훈육은 자식들에게 정직과 친절을 소중히 여기는 가치관을 심어주는 동시에 자존감도 높여주었다. 이 이야기가 여러분의 자녀에게 부정적인 판단이나 수치스러운 처벌보다는 긍정적인 메시지를 심어주는 계기가 되었으면 한다.

지금도 어머니의 충고를 자주 떠올린다. "네가 행복해지는 일을 하렴." 부모님은 내 선택에 항상 동의하지는 않으셨지만 두 분의 좌우명에 따라 사셨고 나를 너무 사랑하셨기에 언제나 선택을 존중해주셨다. 아버지는 미국 방송-파라마운트영화사American Broadcasting-Paramount Theatres(합병 전 파라마운트 픽처스와 ABC 방송사의 전신─옮긴이)의 재정 담당 부사장이었다. 아버지는 같은 직종에서 내 일자리를 주선해주려 하셨지만, 나는 의학을 공부하기로 결심했다. 아버지는 언짢아하거나 진로를 바꾸라고 강요하지 않으셨다. 나중에 대학 등록금, 결혼 비용, 집세 때문에 금전적 도움을 청하면서 민망해 할 때 아버지는 말씀하셨다. "내가 도와주기 싫으면 싫다고 할 거야." 아버지는 그때부터 이미 생존 방식을 가르쳐주고 계셨다. '내가 행복해지는 일을 해야 하듯이 내가 불행해지는 일은 거절해야 한다.' 여러분도 제2의 바이블에 써 넣기 바란다. 멋진 좌우명이다.

어머니는 몇 번 기회를 놓쳤다고 세상이 끝나는 것은 아니라고 가르치셨다. "신이 다른 길을 알려주실 거다"라고 말씀하시고는 했다. 어머니의 사고방식으로는 영혼의 타이어가 터져도 그저 감사할 일이었다. 영혼의 타이어는 으레 공항으로 가는 길에 펑크가 나서 비행기를 놓치게 만들며, 그 비행기가 이륙 직후 추락했다는 사실을 알기 전까지 우리는 비행기를 놓쳤다며 불같이 화를 내기 마련이다. 펑크 난 타이어 그리고 부모님과 조부모님의 사랑과 가르침이 있어 천만다행이다.

부모님의 좌우명, 그분들이 늘 말씀하시던 구절을 기억한다면 인생 매뉴얼에 기록하라. 그분들이 어떻게 우리와 다른 이들의 인생을 성장시켰는지 생각해보라. 혹시 부모님으로부터 애정 없는 메시지를 받았다면 그런 말은 사라지게 내버려두어라. 부모 대신 나에게 사랑을 준 사람들, 나를 격려하기 위해 조금이라도 힘써주고 말 걸어준 사람들을 떠올려보라. 그들이 했던 말을 적어라. 아무도 생각나지 않는다면 부모 입장이 되어 한없이 사랑하는 자식에게 해주고 싶은 말을 자신에게 해주면 된다. 세대에서 세대로 영원히 전해지는 '최고의 가치'를 남겨라. 영원한 사랑을 전파하여 증오가 사라지게 하라. 그럴 때마다 우리는 세상을 치유할 수 있다.

"그러나 서로가 서로에게 몰입하고
두 사람은 하나를 이룬다.
사랑을 통해 하나가 되면 천국의 삶이 시작된다."

_어니스트와 펜윅 홈스 형제

함께하는 기쁨을 충분히 누리자

홈스 형제처럼 나도 결혼이 독립된 두 사람의 사랑에서 탄생하는 제3의 독립체라고 생각한다. 결혼은 어느 한쪽 배우자가 상대방에게 맞춰서 똑같아져야 한다는 의미가 아니다. 두 사람의 결합 자체가 하나의 존재이자 살아 있는 실제가 된다. 온갖 세상살이의 풍파를 겪더라도 부부가 뜻을 모아 서로 존중하며 보호하고 즐겁게 유지해야 하는 것이 결혼 생활이다.

부모가 결혼 생활에 대한 훈훈하고 재미있는 이야기를 자녀와 함께 나눌 때 다음 세대는 건강한 부부 관계가 어떻게 발전하는지 확인하고, 장차 결혼의 장점을 누릴 수 있다. 아이들은 부모의 철없던 시절 이야기를 들으면서 든든함을 느끼고 용기를 얻으며 시간이 지나고 나서는 그 이야기가 생각나 실컷 웃을 수도 있다. 자녀에게 큰 가르침을 주는 것은 보통 아주 사소한 일상이다.

예를 들어 아내 바비는 내가 식기세척기에 그릇 채우는 방법을 탐탁지 않게 여겼다. 나는 외과의사답게 모든 그릇을 세척기 안에 빽빽하게 채워 넣었고 그릇과 그릇 사이에 약간의 빈틈도 허용하지 않았다. 어느 날 성난 얼굴을 한 바비가 컵 열한 개를 보여주는데 손잡이가 전부 깨져 있었다. 내 방식이 잘못되었음을 확실히 증명한 바비는 깨진 컵을 갖다 버리라고 했지만, 나는 손잡이 없는 컵도 여전히 쓸모가 있다고 생각했다. 그래서 컵을 모두 가방에 넣어 아내 모르게 케이프 코드 해안가에 있는 별장으로 가져다 놓았다. 얼마 후에 우리는 며칠 쉬러 별장에 갔다. 바비가 아침에 일어나면 제일 먼저 깨진 컵을 발견하게 될 터라 나는 그녀가 일어나기 전에 조깅을 하러 나섰다.

조깅할 때 나는 항상 작은 비닐봉지를 들고 다니면서 쓰레기나 재활용품을 줍는데 그날도 예외는 아니었다. 큰길을 따라 달리다 보니 앞쪽에 노란색 메모지 위에 손잡이가 부러진 흰색 컵 하나가 놓여 있었다. 나는 신이 꾸민 일이라고 직감했다. 컵 열한 개를 깬 일로 내가 미안해함을 아내도 알고 있었다. 나는 얼른 달려가서 컵을 집어 들고 뒤집어 보았다. 컵 바닥에는 코끼리 두 마리가 껴안고 있는 그림이 인쇄되어 있었고 '당신 모습 그대로를 사랑해'라는 문구가 적혀 있었다. 그 순간 웃음이 났다. 그것은 우리 모두에게 보내는 신의 메시지였기 때문이다. 나는 컵을 비닐봉지에 담아 별장으로 가져갔다. 바비가 그 컵을 보면 나머지 깨진 컵 열한 개까지 받아줄 것 같았다. 어쨌든 수십 년이 지난 지금도 그 컵은 여전히 우리 집 식탁 위에 자리 잡고 있다.

나는 대학생 때 뉴욕 북부에서 캠프 지도자로 일하면서 바비를 알게 되었다. 처음에는 그녀의 미모에 끌렸지만 곧 다정한 성격과 엄청난 유머 감각에 완전히 빠져들었다. 바비는 남자친구가 많았고 교내 남학생 사교 클럽에서 뽑은 가장 매력적인 여학생이었기에 내가 그녀와 사귈 수 있으리라고는 꿈에도 생각지 못했고 당연히 고백한 적도 없었다. 하루는 수영장에서 캠프 아이들을 함께 돌보다가 캠프 지도자들이 이용할 수 있도록 밤에도 수영장을 개방하니 좋다고 말했다.

바비는 나를 쳐다보더니 물었다. "지금 데이트 신청하는 거야?"

그럴 생각은 아니었지만 냉큼 그렇다고 하자 바비는 좋다고 했다. 그런데 바비는 평생 제시간에 온 적이 없다. 그녀가 준비를 하고 나타났을 때쯤 수영장은 벌써 문을 닫아서 우리는 수영 대신 동네 술집에 가서 두어 시간 이야기를 나누었다. 그날 밤부터 우리 두 사람의 우정은 사랑으로 발전했고 서로 사랑하는 마음은 끝이 없었다. 함께 지낸 세월 동안 우리가 하나임을 절실히 느꼈다. 둘만 있으면 모든 것이 완벽했고 더할 나위 없이 행복했다.

내가 바비에게 끌렸던 이유 중에는 그녀가 고양이를 비롯해 동물을 두루 사랑한다는 점도 있었다. 바비는 초등학교 교사 시절, 교실 밖에 있는 야생 고양이들에게 먹이를 챙겨주고는 했다. 그뿐만 아니라 고양이들을 끊임없이 집으로 데려왔고 아이들이 태어난 뒤에도 길을 잃고 위험에 놓인 동물을 여럿 구조했다. 우리는 여러 동물을 가족의 일원으로 받아들이게 되어 행복했고 다섯 명의 아이뿐만 아니라 집 안팎에서 갖가지 동물을 키우게 되었다. 이 이야기는 『사랑, 동물, 그리고 기적Love, Animals & Miracles』이라는 책에서도 다루었지만 솔직히 말해 종일 수술실에서 일하고 퇴근해서까지 다치고 병든 동물들을 보살피거나 식탁에 햄스터를 올려놓고 긴급 제왕절개 수술을 하는 일은 만만치가 않았다.

후회스럽지만 집에서 아이들과 동물들이 난장판을 벌일 때 매번 좋은 태도를 보이지는 못했다. 하루는 아들 제프리가 물었다.

"아빠랑 엄마랑 이혼할 거예요?"

"왜 그런 생각을 했니?"

"아빠가 소리를 엄청 지르잖아요."

"소리 지르면 엄마 아빠가 이혼하는 거야?"

"내 친구네 엄마 아빠도 소리를 질렀거든요, 그런데 이혼한대요."

"제프리, 아빠가 소리 지르는 것은 화났을 때하고 네가 무슨 잘못을 했을 때뿐이야."

제프리는 그 자리에서 나의 말을 곰곰이 생각하는 듯했다. 나는 말을 멈추고 아들을 꼭 안아주었다. "우리는 이혼 안 해. 아빠는 엄마를 사랑하니까." 아들은 안심했는지 곧 집 밖으로 놀러

나갔다.

나는 좋은 남편, 좋은 아빠, 좋은 의사가 되는 법을 몰랐던 것에 사과하는 법을 배웠다. 모든 잘못을 바로잡을 수는 없다. 하지만 여러 역할을 하면서 내게 의지하는 사람들이 감정과 욕구를 표현할 때 제대로 듣고, 내가 틀렸을 때는 태도와 행동을 바꾼다. 중요한 사실은 변명하거나 완벽해지려 하기보다 사랑과 자비의 태도로 보살피는 것이다. 그러니 사랑하는 사람에게 말하자. 나의 잘못된 행동은 거침없이 지적해달라고 부탁하자. 그러면 사랑이 전해진다. 사랑하는 사람의 말을 귀담아들으며 변명하지 않고, 마주보며 웃자. 가치관을 공유하거나 최소한 인정하고, 사랑하고 존중한다면 부부는 어떤 일이든 함께 헤쳐나갈 수 있다.

홈스 형제가 "서로에게 몰입"한다고 표현한 것은 부부가 상대방이 느끼는 감정에 푹 빠져든다는 의미라고 생각한다. 완전한 공감을 뜻한다. 다시 말해 '본인의 행복만큼이나' 배우자의 정서적 행복이 중요하다는 가르침이다. 모든 부부에게 의견 혹은 취향 차이가 있겠지만 서로에게 최고의 가치가 유대감, 즉 함께하는 것이라면 이는 충분히 극복할 수 있는 문제다. 어떤 취향이나 의견도 함께한다는 가치보다 우선할 수 없다. 그러므로 서로 사랑에 몰입하면 결혼 생활은 부부의 보금자리이자 고향, 일상 속 천국이 된다.

"한날 아기는 하나에 족하니라

(성경의 한 구절 '그날 괴로움은 그날에 족하니라'를 흉내 낸 표현―옮긴이).

제정신인 이상 쌍둥이를 달라고 기도하지 마라.
쌍둥이는 지속적인 폭동에 맞먹는다.
그리고 세쌍둥이는 실질적으로
반란 사태와 다를 바 없다."

_마크 트웨인Mark Twain(1835~1910)

미국의 소설가, 출판인, 강연자, 풍자가

자녀를 유쾌하게 기르자

쌍둥이를 둔 아버지로서 마크 트웨인의 글귀를 볼 때마다 웃게 된다. 부모로 살아남으려면 반드시 유머 감각을 갖춰야 하기 때문이다. 아이를 키우는 일은 아마 세상에서 가장 어려운 동시에 가장 중요하고 보람 있는 책무일 것이다.

변기에 양말을 쑤셔 넣고 물을 내리면 어떻게 되는지 실험해보는 아이 때문에 화가 머리끝까지 날 때 꼭 기억해야 할 것이 있다. 어른이 된 후에도 아이는 그때 부모가 자기를 이해하고 공감해주었는지 아니면 쓸데없는 호기심이라며 엄하게 혼내기만 했는지 다 기억한다는 사실이다.

나는 의대 1학년 때 바비와 약혼하고 그해 연말에 결혼했다. 인턴과 레지던트 수련을 위해 뉴헤이븐에 정착했을 때, 바비는 임신 중이었다. 우리는 이제 의대 공부를 마쳤으니 가정을 꾸릴 수 있겠다고 생각했다. 나는 진심으로 아이를 원했고 곧 아빠가 된다는 사실에 신바람이 났다. 당시에는 분만실에 남편이 들어가는 것이 병원 정책에 어긋났지만, 나는 그때 막 병원 생활을 시작했기 때문에 병원 사람들은 내가 산부인과 소속인가보다 했다. 그렇게 나는 조너선Jonathan의 탄생을 지켜보았다. 생명의 탄생은 말로 표현할 수 없는 경이로움이었다. 갓 태어난 아기를 품에 안으니 마치 기적 같았다.

그런데 산모와 신생아가 집으로 돌아온 지 며칠 만에 아내가 하혈을 했고, 구조대에 전화 연결이 되지 않아 직접 아내를 응급실에 데려갔다. 그날은 일요일이었고 외과 과장과 다른 스태프와 함께 회진을 돌기로 되어 있었다. 외과 과장에게 아내가 지금 응급실에 있다고 말하며 과장이 '그럼 응급실에 가서 아내 곁에 있어야지'라고 말해주기를 내심 기대했지만 현실은 달랐다. 나는 남아서 환자들의 병력을 하나씩 수술 팀에 보고하는 역할을 맡아야 했다.

갓난아기 조너선은 하루 일과가 나와 겹치지 않다 보니 아빠인 나를 알아보지 못했다. 조너선은 내가 집에 있을 때 주로 잠을 잤고, 반대로 내가 자거나 병원에 있을 때 깨어 있었다. 처음으로 나와 단둘이 집에 남겨졌을 때 조너선은 낯선 사내가 누군지 몰라 비명을 질러댔고, 이웃 사람들이 와서 아기를 진정시켜야 했다. 아마 이웃이 나보다 더 딱한 심정이었을 것이다. 그러니 병원에 가면 의사와 간호사도 사람이라는 점을 기억해주기 바란다. 의료진도 때로는 환자가 의사에게 바라는 만큼 사람들의 이해와 동정이 필요하다.

그 후 7년에 걸쳐 제프리Jeffrey, 스티븐Stephen 그리고 쌍둥이 캐럴린Carolyn과 키스 남매가 태어났다. 남들이 보기에는 결혼 생활과 육아를 수월하게 해낸 것 같겠지만, 우리 가족도 여느 가정처럼 나름대로 어려움이 있었다. 전공의 수련을 마치고 이사를 하며 아이들을 키우고 개업을 하느라 많이 바쁘고 지쳤다. 게다가 심각한 고비도 닥쳤다. 아내가 임신했을 때 어느 베이비시터가 옮긴 풍진 바이러스에 감염되는 바람에 쌍둥이도 태아 때부터 영향을 받았다. 결국 두 아이는 청각장애와 더불어 신경계와 면역계에도 문제가 생기고 말았다.

아들만 내리 셋을 낳은 터라 나는 딸을 간절히 원했다. 쌍둥이가 이 세상에 올 때, 딸아이 캐럴린이 먼저 태어났고 막내 아들 키스는 보너스였다. 항상 아내의 유머 감각 덕에 나는 살맛이 난다. 아내는 쌍둥이를 임신했다는 사실을 알았을 때 내게 말했었다. "만약에 아들 쌍둥이가 나오면 난 그냥 병원에 드러누울 거야." 그래서 산부인과 의사가 분만실에서 "그 녀석 신사로군, 누나를 먼저 내보내고 말이야"라고 말했을 때 우리는 안심했다.

쌍둥이가 청각장애로 진단받기 전에 의학 전문가들과 교사들이 아이들을 대하는 반응을 지켜보노라면 부모로서 속상하기도 하고 흥미롭기도 했다. 쌍둥이 아이들은 무슨 행동을 해도 보통 혼나거나 욕을 먹었다. 아내가 소아과에 찾아가 키스가 집과 학교에서 하는 행동에 대해 상담도 해보았지만, 의사는 아이의 문제를 세심하게 들여다보지 않고 "그냥 애가 딴 데 정신이 팔려 산만한 것뿐"이라고 말했다. 아동 발달 전문가가 포진해 있다는 유치원에서도 키스나 캐럴린의 청력에 문제가 있을지도 모른다는 생각은 전혀 하지 못했다. 오히려 유치원 교사들은 쌍둥이가 산만해서 수업에 지장을 준다고 불평하기 일쑤였다. 결국 아내가 고집해서 쌍둥이는 청력 검사를 받게 되었고 나중에 청각장애로 확인되었다. 키스가 먼저 검사를 받았는데 이유는 과다 행동이 심했기 때문이다. 캐럴린은 상대적으로 얌전했지만 1년 후 검사에서 역시 청각에 장애가 있다고 밝혀졌다.

우리 아이들은 내가 '아버지답게' 행동하지 않을 때마다 일러준다. 아이들이 어렸을 때는 내가 수술실 집도의 혹은 배의 선장처럼 상황을 주도하고 일을 지시하려고 하면 "아빠, 여기는 수술실이 아니잖아요"라고 지적하고는 했다. 집에서는 누구도 내 직원이나 조수가 아니라 가족이었고, 그 사실을 아이들이 일깨워주었다. 감정적인 문제가 있을 때도 내가 제대로 대응하지 못하면 아이들이 알려주었다.

그뿐만 아니라 우리 식구들은 함께 자주 웃은 덕분에 가족애도 끈끈해졌다. 아들 녀석들에게 내가 쓴 책에 어떤 제목을 붙일지 제안해보라고 했을 때 나온 '마음의 행로Out of My Mind(제정신이 아니라는 뜻으로도 쓰임ㅡ옮긴이)'는 그나마 점잖은 편이었다. 아이들은 차마 활자화하기 민망한 익살맞은 제목을 다양하게 생각해냈다. 유머 감각을 자녀와 공유한다는 것은 아이들에게 가끔 부모를 놀려먹을 기회를 준다는 뜻이며 그래도 웃어넘길 수 있다는 뜻이다. 그런 일이 내게도 벌어졌는데, 때는 유니티 교회Unity Church 연례 모임에서 내가 수상자로 선정되었을 무렵이다. 유니티 교회의 영적 지도자상은 오래전부터 명망 있는 인물들이 수상자로 선정돼왔다. 나는 교회에서 상을 받고 연설까지 하게 된다면 정말 기쁘겠지만, 감히 테레사 수녀나 빈센트 필 박사가 수상했던 상을 받아도 될지 모르겠다는 뜻을 전했다. 교회 측에서 "아닙니다. 선생님도 지금까지 많은 사람을 도왔으니 저희가 드리는 상을 꼭 받아주세요"라고 해서 나는 결국 수락했다. 집에 돌아와서 아이들에게 상을 받게 될 거라고 말했더니 조녀선이 한마디 했다. "심사 기준이 확 낮아졌나 봐." 나는 이런 농담이 자만심을 다스리는 데 효과적인 건강한 유머라고 생각한다. 나도 고스란히 갚아주는 방법을 알고 있었다. "너희 엄마랑 내가 왜 이혼을 안 하는지 모르지? 혼자 너희들을 떠맡기 싫어서 그러는 거라니까!" 이번에도 아이들은 농담임을 눈치챘고 결국 모두 한바탕 웃고 말았다. 아이들은 우리 부부의 양육 태도에서 자기들이 사랑받고 있음을 알았다.

아내와 나는 항상 아이들의 관심사를 뒷바라지하려고 노력했다. 아이들은 취향대로 여러 종류의 동물을 키웠다. 뱀, 설치류, 도마뱀 혹은 곤충을 기르는 아이도 있었고, 기니피그, 염소, 오리를 기르는 아이도 있었다. 어릴 때부터 나와 관심 분야가 겹치는 셋째 아들 스티븐은 병원 일에 유달리 관심이 많아 자주 나를 따라다니고는 했다. 아들을 병원에 데리고 가도 수술 일정이 잡혀 함께 있어주지 못할 때가 많았다. 그럴 때 나는 아들에게 수술복을 입히고 수술 대기실이나 안내실에서 기다리라고 했다. 이후 스티븐은 어느새 병원 돌아가는 사정을 대강 알게 되었고, 병원 사람들에게 꼬마 심부름꾼으로 알려졌다.

하루는 외과 과장이 전화를 걸어와 어린아이가 수술실에 있는 것은 부적절하다고 말했다. 나는 과장에게 "잠깐 와서 아이를 한번 지켜보시죠"라고 제안했다. 수술복을 입은 스티븐은 새로 온 환자들을 맞이하고 간호사에게 차트를 건넸다. 불안한 환자들은 아이가 차트를 가져가는 것을 보고 놀라기는 했지만, 아이가 자기를 수술할 외과의사일 리가 없으니 금세 긴장을 풀고 미소를 지었다. 사실 환자들은 아이의 모습에 위안을 받고 즐거워했다. 스티븐의 머리통은 환자들이 누워 있는 간이침대 높이까지 간신히 올라왔다. 그날 이후, 스티븐을 병원에 데려오는 것에 반대하는 사람은 없었다. 아이는 다시 병원을 돌아다니며 심부름도 하고 아푼 사람들 곁에 묵묵히 서 있기도 했다. 나는 스티븐을 보면서 인간애의 영향력을 새롭게 깨달았다. 그것은 어린아이의 천진난만함과 믿음으로부터 생겨나는 치유의 힘이었다. 병원에는 중환자실뿐만 아니라 중환자 배려실도 필요하다. 그 시절 내가 일하던 병원에는 고위험군 환자들이 아니라 고희망군 환자들이 있었다.

하루는 우리 아이들 몇이 등굣길에 실랑이하는 것을 보고 타일렀다. "그냥 '사랑해, 미안해'라고 말하렴." 아이들은 무척 상처받은 얼굴로 고개를 돌려 나를 보더니, "사랑해서 미안하다고요?"라고 물었다. 나는 다시 말했다. "그게 아니라, 사랑해 마침표, 미안해 마침표, 이렇게 하라고." 아이들은 구두점을 놓쳐서 엉뚱한 메시지를 받은 것이다. 결국 웃음보가 터졌고 사랑이 되살아났다. 또 어느 날 아이들이 다투고 있기에 말했다. "싸움 아니면 화해 중 하나만 선택해." 꼬마 캐럴린이 끼어들었다. "나는 쌈밥 먹을래!" 그러자 말다툼은 끝이 나고 집 안에는 웃음소리로 가득 찼다.

나는 우리 아이들이 심지 굳고 인정 많은 어른으로 성장하여 멋진 부모까지 되어주어서 얼마나 감사한지 모른다. 만약 세상에서 가장 커다란 보상이 있다면 그것은 장성한 자식들에게 '사랑으로 길러줘서 고맙다'는 말을 듣고, 그들이 자기 자식들에게 똑같이 사랑을 물려주는 모습을 지켜보는 일일 것이다. 아내가 세상을 떠난 뒤에도 나는 자식들을 보면서 여전히 그녀의 얼굴을 보고, 손주들의 웃음소리를 들으면서 그녀의 목소리를 느낀다. 우리가 견뎌낸 시련, 깨달은 교훈, 함께한 즐거움은 지금도 전과 다름없이 크나큰 기쁨이다.

시간을 따로 내서 자녀들과 충분히 놀아주어라. 아이를 이리저리 실어 나르고 집안일에 치이면서 하루하루를 보내지 마라. 자녀가 부모의 양육 방식에 불만을 제기하면 귀담아듣고 접근법을 개선하라. 부모는 그저 즐거운 마음으로 아이들을 사랑하면 된다. 집 안의 소음 수준이 '폭동'에서 '반란'으로 심각해질 때는 잊지 말고 그동안 갈고 닦은 유머 감각을 발휘하라. 아이들은 눈 깜짝할 새에 훌쩍 자라서 부모 품을 떠나버린다. 언젠가 여러분의 자녀가 어른이 되었을 때 눈을 마주보며 이렇게 말해주기를. "고마워요 엄마, 고마워요 아빠. 두 분은 정말 최고였어요."

No Endings Only Beginnings

제8장

◆

모든 끝은
언제나 새로운 시작이다

"당신이 알아야 할 모든 것의 끝을 알게 되는 순간, 곧바로 마음의 감각이 시작된다."

_**칼릴 지브란** Khalil Gibran(1883~1931)
레바논계 미국 작가, 시인, 화가

인생은 시작의 연속이다. 매일 우리는 살아오면서 경험한 모든 것, 칼릴 지브란의 표현대로라면 '우리가 아는 모든 것의 끝'을 인식하고, 동시에 직관과 마음의 세계, 즉 '감각의 시작'에 접어든다. 지브란은 위대한 진리 탐구자이자 신비주의자다. 호기심과 창의력이 풍부했던 그는 자신의 마음과 영혼이 이끄는 대로 표현하며 살았던 영적 인물이다.

지브란이 깨달은 것은 언제 마지막 순간이 올지 모르기에 '지금 이 순간' 우리가 창조하는 현실을 제대로 인식해야 한다는 진리였다. 매 순간을 마지막처럼 생각하고 행동한다면 이상적인 삶을 살 수 있다. 하지만 결국 우리는 '인간적인' 경험을 하는 영적 존재라서 그 사실을 잊은 채 잘못을 저지르고 시행착오를 거듭하며 교훈을 얻을 수밖에 없다. 그렇다고 인생이 실패의 연속이라는 뜻은 아니다. 오히려 언제든 새 출발의 기회를 얻게 된다는 의미다. 그리고 이 의미는 인생의 모든 면 즉, 신체적, 지적, 감정적, 정신적 측면에 두루 적용된다.

인생은 촛불에 비유되는 선물이다. 각자에게 주어진 초의 크기는 나이에 비례하는 것이 아니라 정해진 시간까지 남아 있는 시간을 상징한다. 우리의 임무는 나와 주위 사람들의 인생길을 밝히는 것이다. 그러니 남은 시간이 얼마인지 걱정하지 말고, 묵묵히 최선을 다해 촛불로서 해야 할 일에만 집중하자. 직장 생활이나 인간관계, 어떤 목표든 상관없이 삶의 어느 부분이 일단락되었다고 해서 촛불을 꺼뜨리고 초가 차갑게 식어가도록 내버려두어서는 안 된다. 주어진 선물이 소진될 때까지 제대로 사용해야 한다. 촛불은 정해진 시간까지 사그라지지 않고 끝까지 활활 타올라야 한다. 만약 인생을 결말의 연속으로 여긴다면 무궁무진한 삶의 가능성에 제한을 두는 셈이다. 예를 들어, 65세에 은퇴 기념 파티를 하는 사람이 '나는 더 이상 쓸모가 없어'라고 생각할 수도 있다. 암이나 심장병을 진단받은 사람이라면 '내 인생도 이제 끝'이라는 반응을 보일지도 모른다. 끝을 강조하는 시선으로 삶을 바라보면 사랑하는 사람의 죽음은 모든 관계의 종말로 보인다. 하지만 그렇지 않다. 사랑은 끝없이 이어진다. 사랑하는 사람이 이 세상에 없다고 해서 우리가 그들을 사랑하지 않는 것도 아닐뿐더러 사랑은 변함없이 느껴지기 마련이다. 인생을 시작의 연속으로 보면 삶은 꾸준히 변화하고 성장하며 더 높은 수준으로 올라간다. 마치 단어가 문장이 되고 단락이 한 페이지를 이루며 여러 장이 모여 한 권의 책이 탄생하는 이치와 같다. 삶은 결코 멈추지 않는다.

또한 우리는 자신을 창조주가 아니라 피조물이라고 생각하는 경향이 있다. 특히 나이가 들어 인생의 황혼기가 가까워질수록 더욱 그렇다. 흔히 우리는 생각한다. '나는 의사다, 나는 남편이다, 나는 아버지이자 할아버지다.' 하지만 앞날에 아직도 더 많은 '나는…'이 있고 해야 할 역할과 배워야 할 가르침이 있으며 미처 몰랐던 재능이 남아 있음은 잊어버린다. 내가 젊었을 때의 일이다. 의과대학에 진학하기 전 학부생 시절에 4년 내내 문예 창작 수업을 제외하고 전 과목에서 최고점을 받았다. 유독 글쓰기 과제에서만은 C학점 이상을 받은 적이 없었다. 내가 대학에서 유일하게 C학점을 받은 분야가 다른 것도 아니고 글쓰기였다니! 지금 생각하면 너무 지적인 글을 쓰려고 했던 접근 방식이 그런 결과를 가져온 듯하다. 그때는 마음이 아니라 머리로 글을 썼던 것이다. 주제를 너무 깊이 고민하느라 감정이나 직관이 끼어들 여지가 없었고 글이 안에서 자연스럽게 우러나올 수도 없었다. 나는 점수가 낮으니 글쓰기에는 소질이 없다고 믿었다. 몇 년 뒤에 심리치료사였던 어떤 환자가 내게 "당신은 앞으로 책을 여러 권 쓰겠군요"라고 말했다. 그때는 당연히 헛소리라고 생각했지만, 결국 그녀가 옳았다.

어느 날 나는 세상 사람들에게 진정한 변화에 대해 알려주고 영감을 주려면 훨씬 더 많은 청중에게 다가가야 함을 깨달았다. 그러기 위해서 할 수 있는 유일한 방법이 책을 쓰는 일이었고 그렇게 작가로서의 삶이 시작되었다. 나 같은 사람도 작가가 되었으니 누구나 작가가 될 수 있다는 희망의 증거라고 할 수 있겠다. 남들에게 들은 대로 믿는 대신 스스로의 직관과 마음의 소리를 믿게 될 때 삶은 바뀐다. 지금 '나는' 베스트셀러를 여러 권 펴 낸 작가다. 그리고 책은 모두 C학점을 받은 이후에 쓰였다.

내가 처음 발표한 책 『사랑, 의학 그리고 기적Love, Medicine & Miracles』이 〈뉴욕타임스〉 베스트셀러가 된 후 콜게이트대학에 편지를 보내 학부 시절 문예 창작 수업에서 받은 C학점을 B학점으로 올려 내가 수석 졸업자가 되도록 해줄 수 없겠느냐고 물어보았다. 가끔 이런 철없는 유머 감각을 주체할 수 없을 때가 있는 법이다. 모교에서 돌아온 답장은 졸업 후에는 성적 정정이 불가능하다는 무미건조한 내용뿐이었다. 일개 졸업생의 편지를 그렇게까지 진지하게 받아들이다니 무슨 재미로 사나 싶었다.

제2의 바이블을 만들 때 그것이 단순히 한 권의 책이나 일기라고만 생각하지 마라. 계속 내용을 덧붙일 수 있는 여러 권의 노트라고 생각하라. 링 바인더로 된 노트를 이용하면 인용문, 에피소드, 명언 모음 등 항목별로 구분해서 메모를 정리할 수 있다. 반드시 유머 항목을 넉넉히 확보해두고 내가 모교에서 받은 진지한 답장 같은 것도 빠짐없이 채워 넣어라.

바라건대 모두가 신의 목적을 섬기는 데 헌신하고 신이 우리 존재와 우리가 행하는 모든 일을 알고 있음을 실감했으면 한다. 열린 마음과 유머 감각을 가지고 실험에 임하는 과학자처럼 호기심과 경이로움으로 하루하루를 시작했으면 한다. 이렇게 살아가면 우주 만물의 창조에 보다 큰 역할을 할 수 있다. 마음을 닫고 있는 사람들보다 훨씬 더 많은 역할을 하게 된다. 그러다 보면 '끝은 없고 오직 시작뿐No Endings, Only Beginnings'이라는 의미를 있는 그대로 받아들이게 될 것이다. 졸업식이 시작과 동의어로 쓰이고 끝맺음을 탈바꿈이라고도 하며 성경이 결론 아닌 계시록으로 끝나는 것도 이런 이유에서다.

마지막 장에서는 삶과 죽음, 슬픔과 치유를 화두로 삼아 인생의 마무리와 시작을 살펴보려 한다. 그동안의 지식과 경험을 뒤로할 준비가 되었는가? 그렇다면 모든 감각을 열어놓자. 새로운 페이지를 넘기며 시작하자!

"어린 시절은 우리 몸에 저장된다.
그리고 우리 몸은
아무리 억제하고 약물로 치료하더라도
언젠가는 청구서를 내밀 것이다.
유년기는 영혼의 완전체인 어린아이처럼
영원히 사라지지 않기 때문에
진실을 회피하지 않고 직시할 때까지
우리를 끝까지 괴롭힐 것이다."

_앨리스 밀러Alice Miller(1923~2010)
스위스의 심리학자, 『유년기의 기억은 몸에 새겨진다The Body Never Lies』의 저자

삶을 치유하고 행복을 되찾자

앨리스 밀러는 평생에 걸쳐 유년기 트라우마를 연구한 결과 제2차 세계대전 이후 심리학, 의학, 인간 발달 전문가들의 사고와 치료 방식을 완전히 뒤바꿔 놓았다. 감정적 충격(트라우마)이나 학대를 경험할 때 아이들의 대처법은 주로 신체나 대체 인격의 잠재의식 속에 감정을 저장함으로써 자신의 감정과 때로는 그 사건 자체에 대한 기억까지 묻어둔다. 이렇게 하면 나중에 자기가 위험으로부터 안전하다고 느낄 때, 무슨 일이 있었는지 이해할 수 있을 만큼 나이가 들고 삶에 어느 정도 주도권을 가졌을 때가 되면 비로소 어린 시절의 감정을 처리할 기회를 얻게 된다. 하지만 상담치료 등을 통해 어린 시절의 부정적 감정을 해소하지 않고 계속 묻어둔 채 과거의 경험과 감정을 계속 회피한다면 사는 동안 정신적, 신체적, 사회적 건강 문제가 잇따라 터지게 될 것이다. 게다가 해결되지 않은 트라우마는 대를 이어 악영향을 미칠 수 있다.

건강은 자연 상태, 즉 신체의 기본값이다. 우리는 건강한 상태를 유지하고 회복하도록 설계되어 있다. 신체적으로나 정신적으로 탈이 난다는 것은 예전에 당했거나 지금 당하고 있는 어떤 피해가 수습되지 않은 탓에 건강을 잃었다는 징후일 수도 있다. 의사가 증상을 치료하고 특정한 질병을 없애거나 고칠 수는 있지만, 과거의 환경이든 현재의 조건이든 우리가 문제 상황을 바로잡지 않으면 또다시 건강을 잃기 쉽다.

많은 사람들이 묻어둔 자신의 격한 감정이 수면 위로 떠오를 때 어떤 일이 벌어질지 두려워서 심리치료를 꺼린다. 하지만 상황에 적절한 건강한 분노는 치유 과정에 꼭 필요한 감정이다. 경우에 따라서 우리가 존중받지 못할 때는 살아남기 위해 분노해야 한다. '환자Patient'라는 단어에는 '고통에 순종하는 자'라는 의미가 내포되어 있는데 이것은 생존을 위한 행동이 아니다. 오랫동안 간직해온 격한 감정은 상담이나 치료의 도움을 받아 드러내고 표현할 필요가 있다. 그런 감정이 말 그대로 우리를 죽이기도 한다. 그러니 제대로 된 대접을 받지 못할 때는 언제든지 목소리를 높이고 수치심이나 두려움 없이 도움을 구하라.

자살 충동은 최후의 증상이며 도무지 괴로움에서 벗어날 방법을 찾지 못할 때 나타난다. 나는 제자들에게 한 가지 연습을 해보라며 부탁하고는 했는데 여러분에게도 추천하는 방법이다. 우선 유서를 쓴 뒤 스스로에게 보내는 연애편지를 쓰는 것이다. 유서를 쓰려면 곰곰이 생각해봐야 한다. '내가 자살할 만한 이유는 무엇일까? 도대체 왜 나는 삶을 스스로 끝내려 하는가?' 유서가 마무리되면 이번에는 사랑의 편지를 써라.

학생들에게 이 연습을 시켜보면 죽어야 할 이유는 무려 평균 여덟 페이지에 달하는 반면 사랑받을 이유는 기껏해야 세 단락을 넘지 않는다. 그런 감정이 혼자만의 것이 아님을 깨닫게 되면 학생들의 자살률은 낮아진다. 그들이 더는 진실을 숨기지 않고 각자의 상처를 나누며 서로의 치유를 돕기 때문이다. 만약 여러분의 유서가 여러 장인데 연애편지는 몇 줄뿐이라면 지금이 바로 멈춰서 자기 삶을 들여다볼 때이다.

자신을 파괴하는 삶의 부스러기를 버려야지 자기를 버리면 안 된다. 부디 자녀들에게도 자존감과 자부심을 심어주어라. 그 아이들이 삶을 끝내고 싶다는 마음을 먹지 않도록, 아이들이 혐오하는 삶의 조각들을 없앨 수 있도록 도와주어라. 죽을 '예정'이었지만 죽지 않은 환자들은 모두 자기 인생에 얼마나 큰 변화가 일어났는지 내게 이야기해준다. 처음에 그들은 죽음을 받아들이고 그저 살아가기 시작했다. 말기 환자가 죽음을 준비하기 위해 퇴원해서 집으로 돌아가고 1년쯤 지난 뒤에 환자 가족에게 왜 장례식에 부르지 않았는지 물어보려고 전화를 걸면 이미 고인이 된 줄 알았던 환자가 직접 전화를 받는 경우가 있다. 그들은 직장을 그만두고 나서 평생 꿈꾸던 곳으로 이사했거나 야생동물 보호구역에서 일하기 시작했거나 자기가 정말 좋아하는 일을 하며 인생이 바뀌었다고 말하고는 했다. 너무 행복하게 사느라 죽음을 생각할 겨를이 없었다는 것이다.

"제 목숨을 버리는 사람은 생명을 얻을 것"이라는 예수의 말씀을 되새겨보자. 스스로 삶을 주도하지 못하고 끌려다니다 보면 진정한 자아를 잃게 된다. 암에 걸린 한 의사가 어느 날 병원 일을 그만두고 늘 꿈꾸던 대로 오케스트라에서 플루트를 연주했듯이, 거짓된 목숨을 버리고 참 생명을 얻어라. 의사는 죽지만 플루트 연주자는 살아남는다.

영적 치유나 수기 치료는 침술이나 동종요법 같은 많은 대체요법과 마찬가지로 에너지 순환에 상당히 효과적이다. 나는 사람들에게 전통적인 의학뿐만 아니라 대체의학도 시도해보라고 권하는데 의사와 치료사가 알려서 한 팀으로 협진을 할 수도 있다. 기도는 힘과 지혜, 방향과 깨달음을 구하는 또 다른 치료법이며 우리가 받은 것을 신에게 감사할 때도 효과적이다. 또한 기도는 신과 담판 짓기라고도 할 수 있다. 지금 원하는 바를 확실히 요구하고 나면 삶을 온전히 신의 손에 맡겨야 하기 때문이다. 내 환자 중 한 명은 복부에 커다란 종양이 만져질 정도로 심각한 말기 암 판정을 받고 집으로 돌아가 죽음을 기다리고 있었다. 두 달 뒤에 그 환자는 씻은 듯이 나아서 진료실을 다시 찾았다. "골칫거리

암은 신에게 떠넘겨졌어요."

믿을 수 없는 치유력과 잠재력은 믿음과 희망이 함께할 때 발휘된다. 희망은 실제로 생명력을 강화한다. 그동안 나는 환자들에게 헛된 희망을 불어 넣는다는 비판도 받았다. 하지만 헛된 희망이라는 말은 모순이다. 애초에 그런 말은 존재할 수가 없다. 희망을 주는 것은 환자에게 거짓말을 하는 것이 아니라 치유 가능성과 확률을 높이는 것이다. 확률은 낮지만 복권에 당첨되는 사람도 있지 않은가. 어떤 의사들은 내가 운영하는 '특별한 암 환자들(ECaP)' 모임 회원들을 '괴짜 환자들'이라고 불렀다. 온갖 종류의 질병을 앓고 있는 환자들이 치료에 더 나은 반응을 보이고, 더 큰 행복감을 느끼며 더 너그럽게 죽음을 받아들였기 때문이다. 멀리 노스캐롤라이나에 살고 있는 말기 암 환자가 우리 모임에 합류하기 위해 찾아오기를 원했는데 그녀를 치료하는 암 전문의가 내게 연락을 했다. "환자에게 살아갈 날이 얼마 남지 않았다는 주치의의 진단에 동의하지만 선생님과 그곳 괴짜 환자들이 어떤지 알고 있습니다. 환자에게 희망을 주기로 하죠." 두 달 뒤에 그녀는 백혈병에서 완전히 회복되었다. "시겔 박사가 내 병상에 와서 나를 껴안은 순간 병이 나을 줄 알았어요." 그녀의 말이었다. 암 전문의의 반응은 조금 달랐다. "방사선 치료가 기적을 일으키지 않았을까요?" 병을 치료하려면 병세가 호전될 수 없는 원인에만 매달려서

253

는 안 된다. 환자 본인이 치료될 수 있다고 믿을 때, 의사나 치료사들이 환자를 치료할 수 있다고 믿을 때 훨씬 더 긍정적인 결과가 나타난다.

따라서 자신의 몸을 믿고 신에게 기도하며 희망을 품고 살아가라. 희망이 없을 때는 도움을 구하라. 자신을 불편하게 만드는 병의 원인을 밝혀서 없애버려라. 앨리스 밀러가 경고했듯 과거를 억누르기 위해 약물을 복용하지 마라. 스스로에게 사랑의 편지를 써라. 자신의 삶을 치유하고 제대로 살아가기 위해 필요한 일이라면 '무엇이든' 마다하지 마라.

언젠가 그런 날이 오겠지요. ……내 생명이 다하는 날

그날이 오면……
사람들이 더 나은 삶을 살 수 있도록 돕는 일에……
내 육신이 쓰이기를 바랍니다.

내 눈은 해돋이와 갓난아기의 얼굴,
사랑하는 여인의 눈을 들여다본 적 없는
사내에게 주시고

내 심장은 심장병으로 끝없는 고통의 나날을
보내는 이에게 주십시오.

(……)

내 죄를 악마에게 전하고, 내 영혼을 하나님께 드립니다.
당신이 혹시라도 나를 기억하고 싶다면,
도움이 필요한 누군가에게
친절한 언행을 베풀면 됩니다.
내 부탁을 전부 들어준다면 나는 영원히 살 것입니다.

_로버트 노엘 테스트 Robert Noel Test(1926~1994)
미국의 장기 및 조직 기증운동 선구자

죽음을 실패로 여기지 말자

이것은 로버트 테스트가 점심시간을 이용해서 쓴 에세이 「나는 영원히 살 것입니다To Remember Me」에서 발췌한 내용이다. 테스트는 그저 글쓰기가 좋아서 이 글을 썼다고 밝힌 바 있다. 자신이 좋아하는 일을 할 때 삶에 의미가 생긴다는 나의 주장을 또 한 번 증명하는 사례라고 할 수 있다. 이 에세이에 감동받은 수많은 사람들이 장기 기증 서약을 했고 수많은 유가족들이 사랑하는 가족의 시신을 기증하는 데 동의했다. 비탄에 잠긴 유가족들이 처음에는 망설이다가도 다른 사람을 살리기 위해 장기 기증이라는 사랑을 실천하고 나면 큰 위안을 얻었다. 유족들에게 죽음은 더 이상 무의미한 상실이 아니었다. 그들의 비극에서 선행이 비롯되고 사랑하는 사람의 일부분이 여전히 살아 있기 때문이다.

우리 대부분이 인생에서 마주하게 될 가장 절망적인 상태는 죽음이다. 미지에 대한 두려움 탓에 순수함을 잃게 된다. 우리 대부분이라고 말하는 이유는 죽음을 경험했거나 죽음을 생각해보았거나 죽음에 직면했던 사람들에게는 어쩌면 죽음이 가장 눈부신 희망일 수도 있어서이다. 몇몇 말기 환자들과 함께 삶의 고통에 대해 이야기를 나누던 중 한 사람이 "죽는 것은 최악의 결과가 아니죠"라고 말하자, 다른 사람이 수긍의 의미로 고개를 끄덕이며 대꾸했다. "나도 차라리 죽는 것은 견딜 수 있어요." 그러자 웃음소리가 방 안 가득 울려 퍼졌다. 사실이 그렇다. 죽는 것보다 사는 것이 훨씬 어려운 법이다.

죽음이 임박하면 의식이 일깨워질 뿐만 아니라 어느 순간 죽음 자체가 치유책이 된다. 인간이 필멸의 존재라는 사실은 세상에서 가장 큰 가르침과 깨달음을 준다. 사람이 육신으로 태어날 때가 있듯이 언젠가 몸을 떠날 때도 있다. 그리고 더 이상 사랑할 수 없는 몸을 떠나는 죽음도 치유의 한 형태이다. 죽음은 시작이지 끝이 아니다. 『갈매기의 꿈 Jonathan Livingston Seagull』을 비롯해 영감을 주는 형이상학적 소설을 여러 편 남긴 작가 리처드 바크 Richard Bach는 이렇게 표현하기도 했다. "애벌레가 세상의 종말이라 여기는 것을 사람들은 나비라고 부른다."

우리는 곧 다가올 죽음이 가족과 친구들에게 어떤 영향을 미치는지 잘 알면서도 의료진에게 역시 마찬가지로 힘든 일이라는 사실은 잊는다. 어느 의대생이 한 달 동안 우리 병원에서 생활하며 25명의 의사를 인터뷰하고 죽음에 대한 태도를 조사했다. 그리고 조사 보고서의 결론에 다음과 같이 썼다. "죽음을 절대적인 현실로 받아들이는 것은 물론이고 자연법칙의 질서로 인식하는 것도 중요하다. 이런 태도로 죽음을 수용하는 의사는 더 이상 자신이 살릴 수 없는 환자들을 회피할 필요가 없다. (의사는) 환자와 협력 관계를 유지하고 둘 사이에 맺어진 죽음과 사랑의 유대감을 마지막 순간까지 공유할 수 있다."

기억하라. 질병을 물리친다는 것은 병을 고친다기보다 질병으로 인해 삶이 망가지지 않도록 통제하는 것이다. 나는 온갖 질병에 시달리는 환자들이 병을 이겨내거나 싸우고 물리치기 위해 애쓴다는 이야기를 듣게 된다. 하지만 알아둘 것이 있다. 질병으로 죽는 것은 패배가 아니다. 죽음은 실패가 아니기 때문이다. 중요한 것은 삶과 죽음에 쏟는 우리의 노력이다. 루게릭병으로 알려진 근위축성 측삭 경화증(ALS)으로 목숨을 잃은 사람이 생전에 말했다고 한다. "2등이면 뭐 어때서?" 이 사람은 대학 스포츠 경기장 응원석에서 학생들이 한목소리로 "우리가 1등이야!"라고 소리치는 가운데 이런 말을 했다고 한다. 우리는 싸움이 아니라 치유에 집중해야 한다. 싸움은 적에게 힘을 실어줄 뿐이다.

나의 장인어른은 70대 후반에 다초점 안경을 맞췄는데 렌즈 아래쪽으로 보면 거리감이 선명하지 않은 탓에 뒷마당으로 내려가는 계단을 헛딛고 그만 넘어져 팔다리가 마비되어 입원을 하셨다. 어느 날 병문안을 갔을 때 장인어른께 내가 곧 노인을 대상으로 강연을 하게 된다고 말씀드렸다. 혹시 공유할 만한 지혜로운 말씀이 없을까 여쭤보았더니 이런 대답이 돌아왔다. "노인네들한테 이왕이면 푹신한 데 넘어지라고 일러주게." 며칠 뒤에는 다른 말씀도 하셨다. "그것도 소용없을 때가 있더군. 치료사들이 나를 일으켜 세웠는데 그만 아내 위로 넘어져서 멀쩡하던 그 사람 다리를 부러뜨렸지 뭔가. 그러니 넘어지지 말고 그냥 때 되면 하늘로 솟으라고 해."

장인어른은 정말 멋진 분이라 그가 100세까지 살아서 뉴스 인터뷰를 하게 될 날을 고대했지만 그것은 내 욕심이었다. 그의 몸이 이미 감옥으로 변해버렸기 때문이다. 장인어른은 비참하게 살며 주위 사람들까지 덩달아 맥 빠지게 할 수도 있었지만 줄곧 낙관적인 태도로 모두의 웃음을 자아냈다. 유쾌한 태도는 몸이 마음대로 움직이지 않을 때조차 주변 사람들과 나눌 수 있는 멋진 선물이다. 97세가 되던 해의 어느 날, 장인어른은 복용하던 약과 저녁 식사를 마다하고 잠결에 평화롭게 숨을 거두셨다. 그는 우리 가족에게 행복한 추억을 너무도 많이 남겼고, 그의 묘비에는 특별한 글귀가 새겨졌다. "방금 하늘로 솟아오르다."

삶은 전투가 아니라 선택의 연속임을 명심하라. 인생은 죽음과 씨름하는 것이 아니라 인간관계, 유머, 기쁨, 생명력을 돌보는 것이다. 죽음이 실패가 아님을 확실히 하려면, 현재의 삶을 충실하게 살아가는 것이 최선이다. 우리는 살아 있는 한 죽지 않는다. 아직 장기 기증 서약을 하지 않았다면 서약서에 서명하라. 건강 관리를 잘해서 우리 몸이 인생을 두 번 살도록 하라. 우리의 죽음이 다른 이들에게는 축복이 되고 충실히 살아온 한평생에도 보답이 되게 하라.

나는 영원히 살 것입니다
언젠가 그런 날이 오겠지요. ……내 생명이 다하는 날

그날이 오면……
사람들이 더 나은 삶을 살 수 있도록 돕는 일에……
내 육신이 쓰이기를 바랍니다.

내 눈은
해돋이와 갓난아기의 얼굴, 사랑하는 여인의 눈을
들여다본 적 없는 사내에게 주시고

내 심장은
심장병으로 끝없는 고통의 나날을 보내는 이에게 주십시오.

내 피는

교통사고의 잔해에서 살아남은 10대에게 주어,

훗날 손주들 재롱을 볼 수 있게 해주시고

내 신장은

살아남기 위해 매주 혈액 투석기에 몸을 맡기는 이에게 주십시오.

내 뼈와 근육, 내 몸 안의 섬유질과 신경은

모두 떼어다가 불구가 된 아이가 다시 걷는 방법을 찾아주십시오.

내 두뇌 속을 구석구석 살피고

필요하다면 뇌세포를 가져다 배양해서라도

언젠가 말 못 하는 소녀가 야구장에서 함성을 지르고

듣지 못하는 소녀가 유리창을 두드리는

빗소리를 들을 수 있게 해주십시오.

나머지는 모두 태워버리고

타고 남은 재를 바람에 흩뿌려 꽃의 양분이 되게 해주시기를.

굳이 무덤을 만들어야 한다면

묻어야 할 것은 나의 잘못과 나약함이며

같은 인간에게 품었던 내 모든 편견입니다.

내 죄를 악마에게 전하고, 내 영혼을 하나님께 드립니다.

당신이 혹시라도 나를 기억하고 싶다면,

도움이 필요한 누군가에게 친절한 언행을 베풀면 됩니다.

내 부탁을 전부 들어준다면 나는 영원히 살 것입니다.

"나는 슬픔을 알고 싶지 않았어요.
하지만 그 고통이 우리를 계속 이어주었지요.
슬픔은 내가 당신을 사랑했다는 뜻이에요.
내가 늘 조금은 금이 간 채로 살아간다는 뜻이에요.
그리고 우리 사랑이
그 빈틈을 모두 채웠다는 뜻이에요.
당신이 나와 함께 있다는 뜻이에요. 영원히."

_재클린 사이먼 건 Jacqueline Simon Gunn
임상심리학자 겸 작가

울고 웃고 사랑하며 살아가자

슬픔은 건강에 꼭 필요한 귀중한 감정이지만 때때로 우리는 지나치게 오래 슬픔에 매달린다. 건 박사의 시 「빈틈Empty Spaces」에서 발췌한 구절처럼 많은 사람들이 슬픔이야말로 사랑하는 사람과의 마지막 연결고리라고 생각한다. 이런 상황에서 슬픔을 떨쳐버리는 것은 그들을 영영 보내는 느낌이라 도저히 감당할 수 없는 기분이 든다. 그렇다 해도 의미 있는 삶을 이어나가기 위해 언젠가는 슬픔에서 벗어나야 한다. 슬픔에만 매달리면 인생에 사랑하는 사람이 있었다는 기쁨까지 사라지기 때문이다.

애도 상담Grief Counseling이나 지지 단체Support Group 등의 도움이 필요할 수도 있다. "이 슬픔이 사라지면 나는 어떻게 될까?" 이것은 자신의 고통을 글로 쓴 다음 혹은 다른 형태의 창조적 작업을 시작하기 전에 명상하기 좋은 질문이다.

사랑하는 사람이 세상을 떠날 때 곁에 있으면, 특히 마지막 순간에 가까운 친구와 가족이 애정과 웃음을 잃지 않는다면 애도의 감정을 차차 추스르는 데 도움이 된다. 몇 년 전에 우리 아버지는 어머니에게 "로즈, 나 여기서 벗어나야겠어"라고 말씀하셨다. 어머니는 그 말을 병원 침대에 붙어 있는 안전 난간이 불편하다는 뜻으로 받아들였다. 내가 거들었다. "어머니, 지금 아버지는 안전 난간이나 침대에서 내려오는 문제가 아니라 몸 상태를 말씀하시는 거예요." 그러자 어머니는 아버지께 이제 육신에서 벗어나도 괜찮다는 말을 건넸다. 우리는 아버지께 언제 떠나고 싶은지 물었고 아버지는 돌아오는 일요일로 때를 정했다. 그래서 우리는 아버지가 일요일에 돌아가실 거라고 모두에게 알리고 참석 여부를 물어서 고별 파티를 준비했다.

일요일이 되자 아버지는 혼수상태에 빠졌다. 병상을 지키던 내 아들 조너선이 아침 일찍 전화를 걸어와 할아버지가 돌아가실 것 같다며 빨리 오라고 재촉했다. 나는 당장 차를 몰아 병원으로 가지는 않았다. 아버지가 기다려줄 것을 알았기에 혼자 밖으로 나가 한 시간 동안 달렸다. 뛰는 도중에 어떤 음성이 들려왔다. "부모님은 어떻게 만났지?" 나는 잘 모른다고 대답했다. "그렇다면 병원에 도착해서 어머니에게 물어봐." 그 음성이 알려주었다.

우리 부모님은 60년 넘게 결혼 생활을 하셨으니 오랜 세월 동안 그분들이 젊은 시절 이야기를 했으리라 짐작하겠지만, 나는 한 번도 들은 적이 없었다. 그런데 그 음성을 들으니 꼭 물어봐야겠다는 생각이 들었다. 아내와 내가 아버지 병실에 도착해서 미처 어머니를 위로할 새도 없이 불쑥 질문이 튀어나왔다. "두 분은 어떻게 만나셨어요?"

그러자 슬픔에 잠겨 있던 어머니 얼굴에 미소가 번졌다. 어머니는 다시 젊어진 듯 눈을 반짝이며 지난날을 회상했다. 그러더니 가족과 함께 여름휴가를 갔던 이야기를 들려주셨다. 어머니는 휴가지에서 만난 10대 소녀들과 함께 뉴욕시의 파 로커웨이Far Rockaway 해변에 앉아 있었다. "나중에 알고 보니 그 해변은 평판이 좋지 않았어." 어머니가 말했다. "저쪽에서 청년 넷이 무리 지어 걸어오는데 네 아버지도 있었지. 나와 같이 있던 여자애들하고 아는 사이더라고. 남자들이 동전 던지기로 데이트 상대를 정했는데 하필 네 아버지가 져서 나랑 짝이 됐지."

우리는 모두 웃기 시작했고 어머니가 이야기를 이어가는 동안에도 계속 웃었다. 다음 데이트 때 두 분은 센트럴파크에 보트를 타러 갔는데, 어머니가 배에 오르려고 발을 디디는 순간 아버지는 요금을 지불하려고 몸을 돌리며 어머니의 손을 놓았다. 때마침 배가 부두에서 출발하는 바람에 어머니는 물에 풍덩 빠지고 말았다. 부모님의 연애 초기 데이트는 그저 우스꽝스러운 재난의 연속이었다. 어머니가 기억을 하나하나 떠올리자 아버지도 미소 짓기 시작했다. 혼수상태였지만 아버지는 한마디도 빠짐없이 들었다. 나는 외과의사로서 환자들이 혼수상태, 수면상태 혹은 마취

상태에서도 말소리를 듣는다는 것을 경험으로 안다. 더구나 그때 아버지는 너무도 건강하고 생기 있는 모습이었기에 나는 어머니가 옛이야기를 하는 동안 아버지가 죽음에 대한 생각을 바꿀 것 같았다.

아버지는 누가 마지막으로 병실에 도착하게 될지 의식적으로는 알 수가 없는 상태였다. 플로리다와 캘리포니아에 살고 있는 손주들 몇 명은 그날 도착하지 못했다. 우리는 다른 가족이 도착하기를 기다리면서 웃음과 사랑을 나누었고, 아버지는 마지막 손자가 병실에 들어왔을 때 마지막 숨을 내쉬고 돌아가셨다. 나는 아버지가 누가 오고 누가 못 오는지 의식하고 계셨다고 생각한다. 병상 발치에 앉아 있던 아내는 그 순간 아버지의 몸에서 어떤 파동이 빠져나가는 것을 보았다. 시간은 오후 3시였고 아버지는 사랑하는 사람들에 둘러싸여 계셨다.

나중에 한 인터뷰에서 나는 우리가 한밤중에 홀로 외롭게 죽지 않고 사랑하는 사람들에게 둘러싸여 오후 3시에 죽을 수 있다면 정말 좋을 것 같다고 말했다. 아버지는 내가 한 인터뷰를 읽지도, 듣지도 못하고 돌아가셨지만 아버지의 영혼은 아셨을 것이다. 아버지의 육체적 죽음은 인생의 아름다운 끝맺음이었으며 남겨진 사람들에게 아무 죄책감도 남기지 않고 떠나셨다는 것을. 그날 죽음을 두려워하며 병실 밖으로 나선 사람은 단 한 명도 없었다.

어머니가 돌아가신 후 생각지도 못한 장소에서 동전을 스무 개 넘게 발견했다. 동전은 한 번씩 뜬금없이 아무 데서나 눈에 띄었다. 때로는 우편함을 확인하러 집 앞에 나갔다가 허탕 치고 돌아서는 길에 몇 개 나타나기도 했다. 내 손자들, 그러니까 어머니의 증손자들은 이것을 '천국에서 내린 동전Pennies From Heaven(생각지도 않은 행운이라는 뜻으로 쓰임—옮긴이)'이라고 불렀다. 이제 우리 가족에게 이런 사건은 누군가 세상을 떠난 후에 으레 있는 평범한 일이 되었다.

사랑하는 사람이 곧 죽는다는 사실을 알게 되면 실제로 몇 주나 몇 달의 시간이 남아 있더라도 바로 애도기에 들어간다. 어떤 의미에서 보면 잠에서 깨어날 때와 다시 잠자리에 들 때마다 다음번에도 살아 있는 그 사람을 볼 수 있을까 걱정하면서 매일 죽음을 경험하는 셈이다. 죽음을 앞둔 사람도 주위 사람들을 위해 마음을 다잡으려 노력하고 함께하는 마지막 순간들이 우울하게 기억되지 않도록 하기란 무척 어려운 일이다. 이런 시기에 신에게 의지하면 힘이 된다. 암 환자 모임에서 알게 된 사람이 말하기를, 자기는 신의 존재를 알고는 있었지만 자기에게 '그분'이 필요하다고 생각하지는 않았단다. 보통 사람들은 시련이 닥치는 순간까지 그렇게 살아간다. 그러다 어려움이 닥쳐야 인생에서 기도의 힘, 영혼과 창조주의 역할을 깨닫게 된다. 여러분 모두가 '신의 자녀'임을 기억하라. 그리고 필요할 때 그의 도움을 받아라. 더 나아가 힘이 되는 사람들과 이야기를 나누거나 사랑하는 사람이 떠나고 남겨진 자신의 심정을 글로 풀어내라. 아내 바비의 생명이 사그라지기 시작했을 때 나는 시를 썼다.

인생 시계 THE CLOCK OF LIFE

아내의 가슴에 귀를 가져다대고

째깍째깍 우리 인생이 흘러가는 소리를 듣는다

한평생은 몇 초일까?

부디 내가 시간을 늦출 수 있었으면

내가 그녀의 심장 소리를 영원히 들을 수 있었으면

그 소리가 얼마나 소중한지

우리가 함께해온 인생처럼

힘차고 안정된 박자

가끔 건너뛰기도 하지만

곧 우리의 평소 리듬을 되찾는다

나의 연인이자 아내인 바비는 나와 함께한 63년 세월을 뒤로하고, 2018년 1월 19일 눈을 감았다. 그날 아침 침실에 들어갔을 때 아내의 몸 위에 떠 있는 영혼을 보았다. 몇날 며칠이 지나도록 나는 아내가 여전히 내 곁에 머물러 있다는 신호를 무엇이든 확인하고 싶었다. 그리고 어느 날 아침 강아지 랙스를 숲에서 산책시키다가 제발 나를 위해 동전을 내려달라고 아내에게 빌었다. 다음 날 내가 멈춰 섰던 바로 그 자리에 동전 하나가 떨어져 있었다. 그날 이후로 '천국에서 내린 동전'이 여기저기서 나타났다. 나는 개를 산책시키는 동안 숲속에서 그리고 마트 계산대와 주차장, 우리 집 안팎, 심지어 마당에 있는 새 모이통에서도 동전을 찾았다. 한 번은 강연장 연설대에서도 동전이 나왔다. 내가 강연을 마치고 원고를 정리하던 중에 눈에 들어온 것인데 원고를 내려놓고 강연을 시작할 때는 분명히 거기 없었던 동전이었다.

천국의 보물은 그 후로도 계속 나타났다. 희한한 장소에서 11센트를 발견한 일이 최소한 다섯 번은 있었는데 언제나 10센트짜리 동전 하나와 1센트짜리 동전 하나였다. 바비와 내가 결혼한 날이 7월 11일이었기에 우리 부부에게 숫자 11은 의미가 크다. 나는 아내와 사별한 후 처음 돌아온 결혼기념일, 7월 11일자 달력에 메시지를 적었다. "당신의 일부가 내 안에서 자라났소. 그러니 당신과 나, 우리는 영원히 헤어지지 않을 거요. 비록 몸은 멀리 떨어져 있더라도 마음만은 영원토록." 더구나 11일에는 뚜렷한 이유 없이 시계가 멈추고 날짜가 12일로 표시됐는데 다음날이 되면 다시 제대로 가기 시작했다. 아내의 생일은 9월 9일이었다.

9월이 되자 내 몸에는 심장 세동이라는 불규칙한 심장박동이 나타났고 10월에는 부정맥으로 병원에 입원했다. 내 심장이 사랑하는 아내를 잃은 탓에 그렇게 반응한 것이다. 예일대학 뉴 헤이븐 병원 응급실로 실려가면서 나는 의료진이 하는 말을 들었다. "9번 방으로 가요." 다음날 아침, 나는 819호 병실로 옮겨졌다. 융에 따르면 8은 새로운 시작과 무한의 상징이다. 나는 숫자 8이 보이면 내가 괜찮아질 거라고 믿는다. 그리고 나의 환자 번호를 자릿수마다 더하면 합이 9가 된다.

내가 검진을 받으러 병원에 갈 때마다 새로운 환자 번호가 부여되는데 희한하게 매번 그 숫자를 합산하면 9 아니면 결혼기념일 11이 되었다. 처음 이런 신호를 발견했을 때 아내가 계속 나를 보살피고 있음을 깨달았고 마음의 상처도 조금은 아물었다. 내가 아내를 잃고 슬퍼하는 동안 아내는 집과 병원에 그녀만의 신비로운 방식으로 치유의 메시지를 남겨두기도 했다. 지난번에는 집에 나비가 들어와서 유리창에 날개를 파닥거리며 아침잠을 깨웠다. 나비를 조심스레 잡았다. 나비는 전혀 무서워하는 기색이 아니었고 나는 나비를 창밖으로 날려보냈다. 어떻게 나비가 집 안까지 들어왔는지, 왜 밤새 조용히 내 곁에 머물렀는지 나로서는 설명할 길이 없다. 바비가 꾸민 일이라고 생각하는 수밖에.

사랑하는 사람을 잃은 슬픔과 고통은 우리를 이리저리 헤매게 한다. 하지만 방향을 잃지는 말아야 한다. 남은 사람의 눈물 때문에 떠난 사람의 하늘나라 촛불이 꺼지는 일이 없어야 한다. 부디 생사에 초연해지고 애도의 눈물바다에서 교훈을 찾아라. 슬픔을 감추려고 엉뚱한 일에만 매달리지 말고 오히려 애도의 여정에 동참하라. 나무가 수분을 빨아들이듯 슬픔을 받아들이고 함께 성장하며 성숙해져라. 건 박사의 표현처럼 "언제나 조금씩 금이 간 채로" 살아가겠지만 "사랑이 그 빈틈을 가득 채운다"는 것을 잊지 말자. 사랑하는 사람에게 감사하고 그들을 위해 계속 살아가자.

"그리하여 어둠은 빛이 되고, 침묵은 춤이 되리라."

_T. S. 엘리엇 T. S. Eliot(1888~1965)
영국의 시인, 수필가, 극작가, 출판인

언제 어디서든 삶을 놓치지 말자

침묵이 찾아오는 순간, 이를테면 개를 산책시키지도 않고 가족을 방문하지도 않고 강연이나 책, 웹사이트에 관련된 일도 없을 때, 아내가 물리적으로 존재하지 않는다는 사실은 상상했던 것보다 큰 공허감을 준다. 엘리엇의 시는 요즘 들어 내가 자주 빠져드는 어중간한 기다림의 상태를 제대로 표현하고 있다. 예전에는 항상 120세까지 장수하고 싶었지만 80대가 된 지금, 나는 바비를 언제 다시 만나게 될지 수시로 궁금해진다. 지금도 바쁘게 살면 기분이 나아지고, 무엇보다 남을 도울 때 기분이 썩 좋아진다. 하지만 '침묵 속에 춤이 있고 어둠 속에 빛이 있다'는 사실을 인정해야겠다. 침묵과 어둠 속에서 나는 아내의 존재를 가장 가깝게 느끼기 때문이다.

나는 아내에게 종일 말을 걸고 주고받은 오래된 편지와 메모를 훑어본다. 지난 기억들 속에서 따스한 온기와 웃음을 느끼며 진정으로 위로받고 거짓말 같은 신비 체험을 계속하고 있다. 어느 날 밤, 잠결에 옆에서 아내가 뭐라고 하는 소리를 듣고 일어나 앉아 물었다. "뭐 필요해?" 다음 순간 나는 싱겁게 웃으며 중얼거렸다. "이 멍텅구리야, 바비는 죽었잖아." 몇 해 전에는 아내의 립스틱을 꺼내 욕실 유리창에 큐피드의 화살이 꽂힌 하트를 그린 다음 '사랑해'라는 글자를 써 넣었다. 그 낙서는 지금도 그대로 있고 매일 아침 햇살이 비추면 그림자로 욕실 바닥에 새겨진다. 아내는 여전히 내 곁에 있다.

우리 부부가 인생에서 얻은 모든 기회와 가장 간절할 때 길잡이가 되어준 분별력에 무척 감사하고 있다. 아내는 늘 "경험을 믿으라"고 말했었다. 이제 마무리하는 단계에서, 우리 부부가 우리보다 큰 힘에 이끌렸던 시절의 일화 몇 가지를 소개하겠다. 그리고 마지막으로 나를 미소 짓게 하는 기억, 어깨너머로 돌아보면 내 볼에 진하게 키스하려고 기다리는 아내가 함께 있다고 느끼게 해준 기억도 나누려 한다.

여러 해 전에 아내와 강연을 하기 위해 누군가가 알려준 경로를 따라 차를 몰아가고 있었다. 그러다 완전히 길을 잃고 막다른 길에 이르러 돌담을 마주하게 되었다. 어디서 차를 돌려야 할지 막막했다. 그 순간 자동차 한 대가 우리 차를 앞질러 섰는데, 차량 번호판에는 '길을 잃었어요'라고 적혀 있었다(미국은 자신이 원하는 문구를 번호판에 넣을 수 있다—옮긴이). 우리는 신이 그 차를 보냈음을 눈치채고 앞 차 운전자에게 도움을 청했고 그들은 친절하게 우리

276

를 목적지까지 안내해주었다.

한 번은 캘리포니아주에서 차를 빌렸는데 목적지까지 가는 길을 몰랐다. 길 가던 사람을 불러 세우고 버클리 가로 가는 길을 물었다. 그는 자기도 길을 모른다면서, 도움을 받을 만한 경찰서가 있는 위치를 알려주었다. 경찰서를 향해 차를 몰고갔을 때 어떤 일이 벌어졌을까? 그 경찰서는 바로 버클리 가에 있었다. 이런 일들은 우연이 아니었다. 사실 너무 자주 벌어지는 일이라 우리는 항상 무언가 혹은 누군가가 따라다니며 길잡이를 해준다고 믿고 있었다.

내가 병원에 출퇴근할 때 아내는 매일 점심 도시락을 싸주었다. 그녀는 빨강 바탕에 '사랑'이라는 흰 글자가 빽빽한 도시락 통 안에 샌드위치와 과일, 사랑의 쪽지를 채워 넣고는 했다. 유난히 힘들고 스트레스가 심한 날이나 응급환자가 밀려든 날이면 오후 늦게야 짬을 내서 도시락을 챙겨 먹을 수 있었다. 하루는 도시락을 열어보니 여느 때처럼 아내가 넣어둔 쪽지가 있었는데, 이번에는 두 단어만 적혀 있었다. '조금만 버텨요HOLD ON!(기다리다, 참다, 붙잡다 등의 뜻으로도 쓰임—옮긴이)'

힘든 하루를 보낼 것을 미리 알고 상황에 딱 맞는 메시지를 보내주는 직관력 뛰어난 아내가 있다니, 나는 얼마나 행운아인가 싶었다. 아내는 언제나 쪽지를 쓰고 마지막에 포옹과 키스의 상징인 XOXOXO를 덧붙였지만 이번에는 다른 당부나 전달 사항이 없었다. 퇴근해서 집에 들어서자마자 아내에게 달려가 그녀의 뛰어난 직감에 고마움을 표했다. 그리고 그날 도시락 쪽지 덕분에 힘든 하루를 무사히 견딜 수 있었노라고 말했다.

아내가 물었다. "무슨 소리야?"

"조금만 버티라고 쪽지에 적었잖아." 내가 답했다. "그 쪽지 덕분에 힘이 나던걸. 당신 말대로 난 버텼고 힘든 하루를 무사히 마쳤어."

그러자 아내가 말했다. "오늘 도시락은 채소가 많이 들어간 두꺼운 샌드위치였잖아. 먹다가 옷에 흘려서 엉망이 되면 안 되니까 양손으로 꼭 쥐고 먹으라는 소리였는데."

그때 이후로 아내는 진지하게 '양손 샌드위치 도시락'이라고 메모하기 시작했다.

여러분도 바비의 쪽지를 기억했으면 한다. 살면서 힘이 들 때마다 부디 양손으로 삶을 꼭 붙잡아라. 혹시라도 사다리에서 떨어지거나 낙마 사고 같은 위기가 닥치는 순간 자기도 모르게 입에서 튀어나오는 이름에 주목하라. 그 이름이 여러분의 수호천사임을 기억하라. 그리고 아직 시작하지 않았다면 지금부터라도 의미 있는 글귀와 시를 수집하고 자신의 이야기를 기록하라. 이 책에서 영감을 얻어 나처럼 침묵 속에서 춤추는 자신을 발견하라.

이제 바비가 남긴 몇 마디를 소개하고 글을 마무리해야겠다. 언젠가 여러분도 이 구절을 인용해서 사랑하는 사람에게 특별한 기분을 선사하고 싶을지도 모르겠다. 몇 년 전에 나는 바비의 오래된 도시락 쪽지 하나를 액자에 넣어 욕실 벽에 걸어두었는데 아직도 그대로다.

"당신에게는 인생을 함께 나누고 싶은 특별함이 있어."

책에 인용할 글귀들을 모으기 위해 책상에서 자료를 훑어보고 있을 때 도시락 쪽지가 또 하나 내 무릎 위에 떨어졌다. 나는 쪽지를 집어 들어 바비의 깔끔한 필체를 확인했다.

"사랑해, 괴짜 양반."

마지막 인용

"나는 주변의 모든 것이 끊임없이 변화하고 소멸하는 가운데, 모든 변화의 이면에는 모두를 하나로 뭉쳐 창조와 소멸과 재창조의 영원한 순환을 일으키는 생명력이 존재함을 안다. 이와 같은 영적 자각의 근원은 신이다. 또한 내가 오로지 감각으로 인식하는 것은 어느 하나도 영원하지 않으며 영원할 수도 없기에, 신은 홀로 영원하다. 과연 이 힘은 자비로운가 아니면 무자비한가? 순전히 자비롭다고 생각한다. 죽음 속에도 삶은 이어지고 거짓 속에도 진실은 살아 있으며, 어둠 속에도 빛은 꺼지지 않음을 잘 알고 있기 때문이다. 그러므로 나는 신이 생명과 진리의 빛임을 깨닫는다. 신은 사랑이며, 최고선The Supreme Good이다."

_마하트마 간디Mahatma Gandhi(1869~1948)
인도의 변호사, 인권운동가, 독립운동가

간디의 연설은 내가 지금까지 여러분에게 전하려 했던 메시지를 똑똑히 보여준다. 그것은 모두를 연결하고 '세상의 모든 존재'를 하나로 뭉치는 힘은 바로 사랑과 자비의 의식이며, 자애로운 의식은 절대 사라지지 않고 끊임없이 새롭게 시작된다는 메시지다. 나는 신의 음성을 듣는 고요한 순간마다 간디의 전망대로 영적인 눈과 귀를 막아버린 이 시대가 막바지에 이르렀음을 확인하고 위안을 얻는다. 지금까지 우리가 알던 경험의 장은 이제 끝과 동시에 새로운 시작을 맞이할 것이다. 그리고 머지않아 무지와 망각의 어둠을 떨치고 일어날 것이며 어둠의 장막이 걷히면 자신의 참모습을 보게 될 것이다. 그렇게 되면 모두 제자리로 돌아가 생명과 진리, 빛과 사랑의 품에 안길 수 있다. 그러니 믿음을 가지고 삶을 꽉 붙잡아라!

감사의 글

먼저 나에게 힘을 주는 창조주들의 지혜와 사랑에 고마움을 표하고 싶다. 내 아내 바비와 부모님, 우리 아이들 조너선, 제프리, 스티븐, 캐럴린 그리고 키스가 바로 그들이다.

또한 이 책의 공저자 신시아 헌, 편집자 앨리슨 재니스, 나의 에이전트 앤드리아 허스트의 노고에도 감사를 전한다. 하나님께 감사드림은 물론이다.

버니 S. 시겔

미주

서문

8 "Make your own Bible. Select and collect all those words and sentences ⋯" Ralph Waldo Emerson, quoted in Robert D. Richardson Jr., "Emerson as Editor," in Emersonian Circles: Essays in Honor of Joel Myerson, ed. Wesley T. Mott and Robert E. Burkholder (New York: University of Rochester Press, 1997), 110.

제1장 | 진리 탐구를 시작하자

20 "Where is God in all of this? You ask yourself, head in your hands ⋯" Charlie Siegel, "The Answer Lies Within" (unpublished poem).

24 "Remember that you are an actor in a play, and the Playwright chooses the manner of it ⋯" Epictetus, The Manual 17, in The Discourses and Manual, trans. P. E. Matheson (New York: Heritage Press, 1968), 279.

28 "There is no such thing as learning to be whole without being tested ⋯" Clarissa Pinkola Estés, Untie the Strong Woman: Blessed Mother's Immaculate Love for the Wild Soul (Boulder: Sounds True, 2001), 333.

32 "The violets of patience and sweetness ⋯" Helen Keller, My Religion (San Diego: The Book Tree, 2007), 186.

36 "We are surrounded by an Infinite Possibility. It is Goodness, Life, Law and Reason ⋯" Ernest S. Holmes, The Essential Ernest Holmes: Collected Writings, ed. Jesse Jennings (New York: Penguin Putnam, 2002), 63.

제2장 | 진실하게 살아가자

46 "We are more than a body and a brain: we are also a soul and spirit⋯ ." Robert Moss, Dreaming the Soul Back Home (Novato, CA: New World Library, 2012), 1.

50 "To attempt to be 'normal' is a splendid ideal for the unsuccessful, for all those ⋯" Carl Gustav Jung, Modern Man in Search of a Soul, trans. W. S. Dell and Cary F. Baynes (London: Routledge Classics, 2001), 48.

54 "Practice, practice, practice …" Jane Wagner, Search for Signs of Intelligent Life in the Universe (1979).

58 "Words saturated with sincerity, conviction, faith, and intuition …" Paramahansa Yogananda, Self-realization 58 (1986): 54.

64 "As the poets and painters of centuries have tried to tell us, art is not about the expression of talent …" Thomas Moore, Care of the Soul (London: Judy Pratkus, 1992).

제3장 | 변화를 두려워하지 않는 마음을 갖자

74 "In archery we have something like the way of the superior man. When the archer …" Confucius, The Doctrine of the Mean, trans. James Legge (Shanghai: Commercial Press, 1930), chap. 14:5, https://fliphtml5.com/bbhu/tgie.

80 "Nothing in the world is as soft and yielding as water, yet for dissolving the hard …" Lao-tzu, Tao Te Ching, trans. Stephen Mitchell (New York: Harper Collins, 1988) chap. 78. Retrieved from: https://cpb-us-w2.wpmucdn.com/u.osu.edu/dist/5/25851/files/2016/02/taoteching-Stephen-Mitchelltranslation-v9deoq.pdf.

88 "When you stand in front of me and look at me, what do you know of the griefs …" Franz Kafka to Oskar Pollak, November 8, 1903, in Briefe 1902–1924, ed. Max Brod (1958), 27.

94 "Seek goodness everywhere, and when it is found, bring it out of its hiding-place …" William Saroyan, introduction to The Time of Your Life (San Diego: Harcourt Brace, 1939).

제4장 | 삶은 언제나 배움의 연속임을 기억하자

104 "Apprehend God in all things, / For God is in all things. / Every single creature …" Meister Eckhart, commentary on Eccles., in Sermon 9, "Predigten Quint 9," Deutsche Werke, vol. 1 (Stuttgart: Kolhammer, 1958), 156, quoted in Lisa Kemmerer, Animals and World Religions (New York: Oxford University Press, 2012), 201n.

108 "Just ask the animals, and they will teach you …" Job 12:7–8 (New Living Translation).

116 "The eyes of the animal contain the truth of life, an equal sum of pain and pleasure …" Carl Gustav Jung, Letters, vol. 2 (Princeton University Press, 1973), 486.

124 "And your ears shall hear a voice behind you, saying, This is the way; walk in it." Isaiah 30:21.

제5장 | 매일의 작은 노력을 통해 사랑하는 습관을 들이자

136 "In the time of your life, live—so that in that wondrous time you shall not add …" William Saroyan, introduction to The Time of Your Life (San Diego: Harcourt Brace, 1939).

140 "Love is the medicine for our sick old world. If people can learn to give and receive …" Karl Menninger, A Psychiatrist's World: The Selected Papers of Karl Menninger, M.D. (New York: Viking Press, 1959), 49.

148 "If I can stop one heart from breaking, / I shall not live in vain; / If I can ease one life …" Emily Dickinson, "If I Can Stop One Heart from Breaking," in The Complete Poems of Emily Dickinson (Pantianos Classics, 1924), 10.

156 "A friend of mine, an industrialist in a large plant in Ohio, told me …" Norman Vincent Peale, The Power of Positive Thinking (London: Vermillion, 2012), 45.

164 "We prayed so that all bitterness could be taken from us and we could start …" Laurens van der Post, A Far Off Place (London: Hogarth Press, 1974), 43.

제6장 | 신비로운 체험으로부터 지혜와 깨달음을 얻자

174 "BUT I WOULD LIKE TO KNOW WHAT I MYSELF CAN KNOW …" Ernest S. Holmes and Fenwicke L. Holmes, "Reverie of the Farer," in The Voice Celestial: An Epic Poem (New York: Dodd, Mead, 1960).

180 "There is something peculiar, one might even say mysterious, about numbers …" Carl Gustav Jung, trans. R. F.C. Hull, Synchronicity: An Acausal Connecting Principle (London: Routledge, 1955), 57.

186 "A coin / the body has minted, with an invisible motto …" John Updike,

"Ode to Healing," in Merrimack: A Poetry Anthology, ed. Kathleen Aponick (Lowell, MA: Loom Press, 1992), 115.

188 "Man was so created by the Lord as to be able while living in the body to speak …" Emanuel Swedenborg, trans. John Clowes, Arcana Coelestia: Volume 1 – The Arcane Edition (Loschburg, Germany: Jazzybee Verlag, 2013), 70.

194 "Meaningful coincidences are thinkable as pure chance. But the more they multiply …" Carl Gustav Jung, The Collected Works of C. G. Jung, vol. 8, The Structure & Dynamics of the Psyche (Princeton University Press, 1981), 518.

200 "To know that we maintain an identity independent of the physical body is proof …" Ernest S. Holmes, The Science of Mind (New York: Dodd, Mead, 1938), 377.

제7장 | 인생의 소중한 경험담을 공유하자

210 "The new discoveries of science 'rejoin us to the ancients' by enabling us to recognize …" Bill Moyers, introduction to The Power of Myth, by Joseph Campbell with Bill Moyers (New York: Anchor Books, 1988), xix.

216 "Try to remember that a good man can never die. You will see him many times …" William Saroyan, The Human Comedy (New York: Harcourt Brace, 1943), 275.

219 "The death rate for infants under a year old …" Ashley Montagu, Touching: The Human Significance of the Skin (New York: Harper Collins, 1986).

224 "But each absorbed in each, and each in one, / Through love are merged …" Ernest S. Holmes and Fenwicke L. Holmes, from "The Scribe" in The Voice Celestial: An Epic Poem (New York: Dodd, Mead, 1960).

230 "Sufficient unto the day is one baby …" Mark Twain, "Speech on the Babies," The Literature Network, accessed July 7, 2019, http://www.online-literature.com/twain/3274/. Taken from Mark Twain's speech prior to raising his glass in toast at a banquet in Chicago, where the

286

Tennessee Regiment of the army honored their First Commander, General Ulysses S. Grant, in November 1879. The 15th regular toast was "The Babies — as they comfort us in our sorrows, let us not forget them in our festivities."

제8장 | 모든 끝은 언제나 새로운 시작이다

242 "When you reach the end of what you should know …" Kahlil Gibran, Sand and Foam and Other Poems (Oxford: Benediction, 2010), 27.

248 "Our childhood is stored up in our body and although we can repress …" Alice Miller, Breaking Down the Wall of Silence: The Liberating Experience of Facing Painful Truth (New York: Penguin, 1996), 153.

256 "The day will come when … my life has stopped. / When that happens …" Robert Noel Test, "To Remember Me," quoted in Abigail Van Buren, "A Great Way to Be Remembered," Chicago Tribune, April 17, 1995, https://www.chicagotribune.com/news/ct-xpm-1995-04-17-9504170019-story.html. Test donated his essay to promote tissue and organ donation.

264 "I didn't want to know grief. / But the pain kept me connected …" Jacqueline Simon Gunn, "Empty Spaces," Jacqueline Simon Gunn's blog, April 2, 2017, http://www.jsgunn.com/blog/2017/4/2/empty-spaces-1.

274 "So the darkness shall be the light, and the stillness the dancing." T. S. Eliot, "East Coker," from Four Quartets, in The Complete Poems and Plays: 1909 – 1950 (Orlando: Harcourt Brace, 1952), 126 – 27.

마지막 인용

280 "I do dimly perceive that, whilst everything around me is ever changing …" Mahatma Gandhi at Kingsley Hall, London, 1931," YouTube video, 6:05, October 12, 2016, https://www.youtube.com/watch?v=oE2Z4wLxw80. Mahatma Gandhi's address to a large gathering at Kingsley Hall, London, was given on October 17, 1931. He later called this speech "My Spiritual Message."

비긴 어게인

삶의 연습이 끝나고 비로소 최고의 인생이 시작되었다

초판 1쇄 인쇄 2021년 1월 25일 **초판 1쇄 발행** 2021년 2월 5일

지은이 버니 S. 시겔 · 신시아 J. 헌
옮긴이 강이수
펴낸이 연준혁

출판부문장 이승현
편집 9부서 부서장 김은주
편집 이선희
디자인 채미

펴낸곳 ㈜위즈덤하우스 **출판등록** 2000년 5월 23일 제13-1071호
주소 경기도 고양시 일산동구 정발산로 43-20 센트럴프라자 6층
전화 031)936-4000 **팩스** 031)903-3893 **홈페이지** www.wisdomhouse.co.kr

ISBN 979-11-91308-28-0 03810